私のお母様は追放された
元悪役令嬢でした
平民
ブスメガネの
下剋上
［著］ベキオ
［画］紫藤むらさき

エイミー・モウブレイ
王立フロース学園への転入生
アシュリー
“悪役令嬢”の娘。
王立フロース学園の
特待生
ジェラルド・
ロチェスター
クリストファーの従者。
子爵家の嫡男

メイナード・
ラトランド
レナトゥス王国魔術師長。
王弟
メアリー
アシュリーの母。
追放された“悪役令嬢”
サイラス
“賢者”の称号を得た
魔術師
クリストファー・
レナトゥス
王太子。
王立フロース学園の
生徒会長

「二本尾のねこちゃん、あなたは何者なの?」

ほんの小さな仔猫だったねこちゃんは、私の指から出てくる金色のモヤモヤを食べ続け成猫並みの大きさになった。

ブドーシュ
神獣。

普通の人には視えない

私のお母様は追放された元悪役令嬢でした

平民ブスメガネの下剋上

[著] ベキオ
[画] 紫藤むらさき

My mother was
an exiled former
villainous lady
Rising in the world of
an ugly commoner
with glasses

CONTENTS

プロローグ	003
第一章	007
第二章	014
第三章	054
第四章	095
第五章	155
第六章	195

【プロローグ】

私の生まれ育った小さな屋敷は、昔々どこぞの貴族の小さな別荘だった。母が元貴族だったため、平民だがそれなりの暮らしをしている。

「アシュリー、今日は天気がいいわね」

母は『罪深い子供』である私を愛する、優しくたおやかで、のんびりとした人だ。ただ、優しすぎて生活費のほとんどを寄付してしまうおっちょこちょいでもある。

先ほどから母の昔からの従者であるエリオットが、母の金色に輝く髪を緩く編みこんでいる。仕上げにレースがふんだんに施されたボンネットを母の頭に優しく被《かぶ》せると、彼は恭しく手を差し出した。

「お嬢様、参りましょう」

お嬢様と呼ばれた母は目を細めて頷《うなず》き、二人は森へ散歩に出かけた。屋敷の近くに民家はほかになく、森がすぐ側《そば》にある。というか、この屋敷自体が森の端に位置しているといった方がより適切だろう。

私はそんな二人を見送ると、お嬢様育ちの母がまったくできない家事を始める。母は深窓の令嬢だったらしく、本当に生活能力がない。しかし、いつだって笑顔で優しいので大好きだ。私は母が怒ったところを未《いま》だに見たことがない。

お金に困ることはあるけれども、日々の生活に不満を持ったことはない。町の学校にも通っているし、友人も少ないがいる。今の学校を卒業したら、どこかに働きに出る予定だ。


しかし、連綿と続くはずだった穏やかな日々は母の言葉で一変することになる。

それは酷《ひど》く雨が降り、母が大好きな散歩に出られない日のことだった。

「アシュリー、あなた王都の王立フロース学園の平民向けの入学試験をお受けなさい。お勉強できるんでしょう？　特待生として通えるように頑張るのよ」

突然の提案に私は驚くも、現実的な返答をする。

「お母様。あの、言いづらいのですが、我が家には王都に向かうためのお金すらないのですが……」

母はそう言うと、赤毛で眼帯をした痩身のエリオットを見上げる。

「あら、そうなの」

「どうにかしましょう。私の可愛《かわい》いアシュリーのために」

エリオットは黙って頷くが、どうにかできるものなのだろうか。


そんな私の懸念は払拭され、私は王都の学園の試験を受けることができ、尚且《なおか》つ学費無料で奨学金も得られる特待生として合格した。母はその結果を受けて、今まで見たこともないような、嬉《うれ》しそうな顔をして祝ってくれた。

「おめでとう、可愛いアシュリー。学園生活を楽しむのよ」

こうして、私は一人生まれ故郷を離れ、王都の学園に通うことになったのだ。昨年までは思いもしなかった未来。

私は、幼い頃から装着しているメガネとカチューシャとともに、小さな鞄《かばん》一つだけ持って旅立った。

【第一章】

今日は王立フロース学園に入学してから初めて受けた試験の結果が発表される日だ。平民で特待生の私は静かに掲示板に向かう。

「あった。アシュリー、私の名前……二位だわ」

小さく呟《つぶや》くと、他の生徒たちに押しのけられ、その場を離れた。

この学園は基本的に十五歳から十九歳までの王侯貴族しか通えないが、平民でも一定の成績を取れば通うことができ、その中でも成績が上位の者は私のように学費無料で奨学金も支払われる。と言っても平民で通っているのは非常に裕福な家庭の子息息女がほとんどで、私のようなごく普通の平民はいない。

母が進学を勧めてくれ、そして運よく特待生として私はこの学園に通えることになったのだ。とにもかくにも十分な成績を取れたことで気分がとても良い。思わず鼻歌を歌いそうになりつつも、私は廊下の端を静かに歩いて教室に向かっていた。

すると背後から急に押され、倒された。私を押した生徒は、膝をつき四《よ》つん這《ば》いになっている私に蔑むような目を向けて、言い放つ。

「悪い、気がつかなかった。ちょうどいいや、ブスメガネ、これ運んどいて」

私と同じ平民でも裕福な商家子息の男子生徒が、生徒会の配布物を私に渡す。生徒会は貴族でも高位貴族の令息令嬢しか入れない。だからこの男子生徒も貴族の生徒から頼まれたのであろう。

この学園の生徒会に入れれば、声望ある将来を望めるらしい。現在、その生徒会の枢要な地位である生徒会長は、最高学年の第四学年に在籍しているクリストファー王太子殿下だ。王族はほかにも在籍しており、私と同じ第一学年にはヘンリー第二王子殿下がいる。今回の試験で一位を取ったのがその第二王子殿下である。

「ブスメガネ、落とすなよ。っていうか、本当にそこにいるの分かんなかった。幽霊かよ。ブスメガネの上に幽霊とか気持ち悪い」

私をブスメガネと呼んだ男子生徒はそう言うと、どこかに行ってしまった。渡された紙袋を抱えてスカートをはたいていると思いがけなく声をかけられ、顔を上げる。

「大丈夫かい？」

美しい漆黒の髪と澄んだ天色《あまいろ》の目を持つクリストファー王太子殿下がそこにいた。白皙《はくせき》の美貌の眉を少し下げて心配そうにこちらを見るが、私は恐れ多いとばかりに腰を落として黙って頭を下げた。しばらくそのままでいると、従者が殿下に話しかける。

「恐れながら殿下、彼女は平民ですので直答ができないのでしょう」

「学園内では気にしないでほしいな」

「それは難しいでしょう」

殿下と殿下の従者の会話を聞きながら、私の存在に気付くなんて珍しいと驚いていた。なにせ、私は存在が非常に薄く認識されにくいのだ。先ほどの男子生徒も私とぶつかるまで目の前の私の存在に気付かなかったほどなのだから。

「あの男子生徒の暴言は後で謝罪させ、訂正させよう。紳士にあるまじき行為だ」

殿下はそう言うが、私は首を横に振り俯《うつむ》く。

私のメガネは魔術道具の一種で、母の従者のエリオットが用意したものだ。このメガネをかけると、虹彩《こうさい》が茶色で、睫毛《まつげ》もほとんどない非常に小さな瞳に見えるようになる。故郷の学校ではゴマのような目だと評されていたが、どうやら他人の目にはブサイクに映るらしい。だからブスメガネというのは事実だ。

平民の母に従者がいるのは母が元々貴族令嬢だったからで、詳細は教えてくれなかったが、母は濡《ぬ》れ衣《ぎぬ》を着せられ貴族籍から抹消された上に追放されたらしい。その際に母を攫《さら》って凌辱《りょうじょく》したのが母より身分の高い男で、ぼろぼろになって監禁された母を救い出したのが母の従者エリオットとのことだ。エリオットが教えてくれた話はなかなか重いが、その事実がなければ私は存在しない。なにせその鬼畜男が私の父なのだから。

「君も俯いていないで、堂々と振舞うといい。姿勢も所作も美しい」

殿下の言葉にぐっとくるが、平民の私には雲の上の存在で、しかも学園一の美丈夫だ。従者が早く殿下を連れて行ってくれないかと切に願う。その願いが通じたのか、口を開かない私に苦笑いして殿下は去って行った。

殿下の足音が遠ざかるのを確認すると、私はメガネをくいっと上げて教室へ向かう。思いがけなく殿下に声をかけられたが、私は平民のブスメガネで存在感が異常に薄い一生徒である。間違っても舞い上がったりはしない。と心の中で呟くけれども、やはり殿下の美しさと優しさにはくらっとした。いい匂いもしたし。

このメガネは母の負担を軽くするためにかけ始めたのだ。母は生まれたばかりの私の目を見てショックを受けていたとエリオットは語った。私のこの紫色の虹彩は母を襲った男と同じ色で、恐怖と嫌悪感で、赤ん坊の私を抱くことも難しかったそうだ。

ちなみに私の銀髪もその鬼畜男と同じ色だそうで、髪の色を変化させるカチューシャをつけている。私が魔術道具を身に着けることによって、母は精神の安定を保てているのだとエリオットは言う。

学園に入学する前に、王都に行けば母と離れるので魔術道具を装着する必要はないのではないかとエリオットに聞いたところ、彼は目の色を変えて決して外すなと私に約束を強いた。王都には貴族が多く、私の素顔が母の顔に瓜二つ《うりふた》であるがゆえ、見る人が見たら私が母の娘であることがばれてしまうらしい。そしてそれはエリオットが一番懸念する母が汚されたという不名誉な事実を認めてしまうことになる。だから、私は相変わらずメガネとカチューシャをつけているのだ。

しかし、母本人から父親の悪口を聞いたことはない。幼い頃、母に父のことを聞いたら、立派なお方だったわよと答えてくれた。ただしその後、私はエリオットに叱られ、鬼畜父の所業を知ることになるのだが。

私のメガネとカチューシャは魔術道具だが、これら魔術道具は非常に高価で貴族でも手に入れることが難しいらしい。エリオットがどうやって入手したのかは謎である。エリオットは母の忠実な従者であるが、私にとっては同僚に近い。お嬢様育ちの母の代わりに家事をし、家計のやり繰りをする。母にはなんらかの収入源があるようだが、すぐにお金を貧しい人々にばらまいてしまう。慈善活動をしすぎて我が家が困窮するのは日常茶飯事である。

そんな赤字家計で生活していた私がこの学園の入学試験を受けることができたのは、半年前から実入りのいい内職を始めたからだ。エリオットがどこぞからその仕事を見つけてきた。お陰で王都の学園を受験する費用を賄えたし、その内職を紹介してくれた人が王都でもその仕事ができるように仕事仲間に紹介状を書いてくれた。

私の故郷は王都から馬車を乗り継いで三日間かかる西に位置する地方都市の郊外にある小さな町である。その町の外れに母とエリオットと私の三人で静かに暮らしており、十五歳になるまで町から出たことがなった。

そんな田舎者の私が王都で暮らすことになるとは、想像だにしていなかったことで今も不思議に思っている。

しかし、王国一の学園で学べるとはまたとないチャンスであり、この学園を優秀な成績で卒業すればそ平民といえども良い職に就けるのだ。私には将来官吏になるという目標ができた。田舎ではそんなに職はないし、この形《なり》――ブスメガネ――では結婚も難しいので、安定した職に就いて、そこそこ豊かな暮らしができたらと思っている。官吏の狭き門を潜《くぐ》り抜けるために頑張って成績を上位に保ちたい、できたら一位を取りたいと思っていたけれどもダメだった。やはり第二王子殿下は最高の教育を受けているのだろう。独学では限界があるのかもしれないが、私は勉強をさらに頑張ろうとメガネを指でくいっと上げた。

平民ブスメガネでも、きっと私の未来は明るい。

【第二章】

私が配るようにと渡されたものは生徒会主催のパーティーの招待状だった。一通一通きちんと封《ふう》蠟《ろう》されており、花とペンと剣をモチーフにした王立学園の印が使用されている。招待状には宛名が書かれているのでそれぞれの席の上に置いていったが、私の分はなかった。平民だからもらえないのかと思いきや、他の平民はもらっている。

どうやら雲の上の存在である生徒会でも私の存在は認識されていない様子だ。透明人間でも名簿には名前くらい載っているだろうと不思議に思う一方で、パーティーに招待されたとしても着ていくドレスもなく、制服で参加することになり目立ってしまうので、招待状がもらえなかったことは私にとってはありがたかった。

配り終わり、自席で帰りの準備をしていると、教室内が急に騒がしくなる。

「やだ、いつのまに招待状が？」

「あたくしのところにもありましてよ」

「まるで魔法みたいですわね」

教室でご令嬢たちがきゃっきゃと楽しそうにお喋《しゃべ》りをし始める。ついさっき目の前で机の上に置くように配っていたのに、気付かれないとは。ここまで認識されないとは我ながら驚いてしまう。

特に不便はないのだが、時折誰かと話をしたい衝動にかられる。学園に入学してからは誰一人親しい人ができずにいる。挨拶さえ無視されてしまうのだ。

パーティーの話で盛り上がって誰も帰ろうとしない中、私は誰にも気付かれることなく教室を出て寮に向かった。

学園に入学して一か月半も経《た》つと、寮生活にも慣れてくる。

私が住んでいる平民専用の寮は学園の敷地内にある。王都にタウンハウスがない地方貴族や王都在住でも学園に通うには時間がかかりすぎる貴族たち専用の寮も同じく学園の敷地内にあるが、私の住む寮とは真反対に位置する。そして平民専用の寮、通称平民寮には私を含めて三名しかいない。

平民でこの学園に通う者は裕福な家庭の者しかいないので、王都に屋敷がない場合はアパートメントを借りて使用人を付ける。だからこの寮にいる先輩二名は私と同じ特待生である。煉瓦《れんが》でできた二階建ての寮は一階に食堂と浴室と手洗いがあり、二階が寮生の部屋になる。私は学園から帰った後そのまま食堂に行き、スープとパンの簡素な食事を終えて自室に向かった。

寮の部屋には備え付けのベッドと机と箪笥《たんす》があるが、私はもともとの荷物が少ないため非常に殺風景だ。学園生活にも慣れてきたので花でも飾ろうかと考えながらメガネを外し、後ろにきつく一本に三つ編みにした髪の毛をほどく。そしてカチューシャを取ると、茶色の髪の毛は銀色に変化する。

鏡に映る私は母に似ていた。金髪碧眼《へきがん》の母とは違い、私の髪の毛は銀色で目の色は紫色だけれども。

「ごきげんよう。本日も私、アシュリーは元気です」

私は鏡に向かって淑女の挨拶をした。母は礼儀作法だけは教えてくれたので、きっと官吏として働く時に役に立つだろう。恐らく上司は貴族しかいないだろうから。平民で女性となれば、官吏になってもずっと下っ端のままなので、礼を欠いて顰蹙《ひんしゅく》を買うようなことがあったら職を失ってしまう。

鏡の中の自分に微笑《ほほえ》んだ後、机に向かった。特待生でなければならないので、勉強に対しては今まで以上に真剣に取り組んでいる。今回の試験では二問しか間違えなかったのに、二位だった。恐らく第二王子殿下は満点だったのだろう。

私は予習復習をし終えて、以前からやっている内職を始めた。内職は高価な学術書の筆写で、今写しているものは医学書だ。これは図解も綺麗《きれい》に写さねばならず骨が折れるが、賃金が桁違いにいいため、慎重に書き写す。これが例の怪しい内職というやつである。単に筆写するだけなのに妙に割がいい。そしてこの本のことは絶対に口外してはならないと約束させられている。もし破ったら命はないと。そこはかとなく怪しいので、ぼちぼち足を洗いたいと考えているところだ。それにしてもエリオットはどうやってこの仕事を見つけてきたのだろうか。魔術道具といい、この仕事といい、エリオットはなにか伝手《つて》でもあるのかもしれない。

夜も更けてきたので内職をやめ、私は就寝前にエリオットに教えられたまじないの言葉を唱える。

このまじないは私を健康にするらしい。王都に向かう前に教えてもらい、今ではすっかり私の習慣となっている。ベッドの前に跪《ひざまず》いて手の指を複雑に絡めてまじないの言葉を唱えて祈る。

「アンボ・ロウサ・シーント・メイ」

祈り終わって私はベッドに横になった。

――あなたは罪深い存在です。

母が不在の時に、従者エリオットが私によく言っていた言葉だ。私の存在自体が母を追い詰めているのだとも言っていた。

母は貴族だったが、貴族だったからこそ傷つけられたらしい。私の容姿はとても母に似ており、母を知る人が私を見たらすぐに娘だと気付くだろう。母を知る者といえば貴族なので、貴族とは特にかかわってはいけないとエリオットに厳しく言われていた。

母が私を産んだという事実が公になることをエリオットは非常に危惧している。なぜならば、母の名誉が傷つくからだ。追放された上に純潔が汚されたことが知られるとなるとあまりに母が憐《あわ》れだと。まあ、その純潔が汚されたために私が存在するわけなのだけれども。

名誉だなんだと言われても、私には正直なところ理解できない。この学園に通っていたとしても貴族とそうそうかかわることはないので問題はない。大体にして私に声をかける人はいないのだから。そう、誰も私の存在を気にかけないのだ。今日はぶつかったことでブスメガネと呼ばれたけれども、これは本当に珍しいことだった。

「でも王太子殿下はぶつかってもないのに、私のことに気付いたわ。不思議なことがあるものね」

そう呟《つぶや》いて、ようやく私は眠りに落ちた。


翌日の教室はいつもと違い、全体的に落ち着きがない雰囲気だった。

「転入生を紹介する。エイミー・モウブレイ君だ」

担任教師のミュラー先生が小柄な女子生徒を紹介する。亜麻色の髪に緑色の大きな目をしている可愛《かわい》らしい令嬢だ。この中途半端な時期に転入とは珍しいと、私は一番後ろの隅の席で彼女を見ていた。

「モウブレイ伯爵の娘のエイミーです。よろしくお願いします」

ぎこちない礼をしてはにかむ姿は町娘のようだ。

「学園に不慣れな彼女に色々と教えてやってほしい」

堅物のミュラー先生が微笑みながら転入生のエイミー様の肩をポンポンと軽く叩《たた》く。その姿に教室が騒《ざわ》めいた。この二十二歳のミュラー先生は伯爵家次男で中性的な美しい姿をしており、女子生徒に人気があるにもかかわらず、いつも素っ気なく冷たいのだ。その先生が珍しく女子生徒に対して笑顔を見せているのだから、皆がひそひそと声を立てるのは仕方ない。

「静かにしなさい」

先生が低い声でそう言うと、エイミー様は再び口を開いた。

「ええっと、この間まで平民として生活をしてきたので、分からないことだらけです。だから皆さん色々と教えてくださいね」

隣に立つミュラー先生の袖を摑《つか》んでニッコリ笑ってぺこりと頭を下げる様子に、貴族の令嬢たちのみならず平民の裕福な家庭の女子生徒も眉を顰《ひそ》める。一方の男子生徒は微笑ましくその姿を見つめていた。

変わった転入生だなとは思うが、私には何の関係もないので黙ってその光景を眺める。なぜか認識されることが難しい私は、多分皆にとって机や椅子のような存在なのだと思う。エリオットは『貴族とはかかわるな』とも言っていたけれども、貴族だけでなく平民ともかかわれないのは些《いささ》か問題のような気もする。

友人がいない私は授業と授業の短い合間も勉強に励む。寮に帰ったら内職に時間を割きたいのだ。

今日も今日とて自席で真剣に教科書を読んでいたら、突然頭に衝撃を受けた。

「……！」

後ろを振り向くと、そこには転入生がいる。どうやら転入生の肘が私の後頭部を直撃したらしい。

彼女は私に気付かなかったようだ。

「いったーい！」

転入生は肘を押さえて半泣きである。

「エイミー、大丈夫かい？」

転入生の側《そば》には、同級生のシリル・アーリントン侯爵令息がいた。

「この石頭！　エイミーが痛みを訴えているじゃないか。一言謝ったらどうなんだ」

石頭と呼ばれた私も後頭部が痛くて半泣きだが、平民ゆえに頭を下げた。

「申し訳ございません。エイミー様」

「やだ、私が悪いのに。ごめんね。シリル君、女の子に石頭なんて言っちゃだめだよ」

エイミー様が私に頭を下げる。貴族ならば絶対に平民の私になんか頭を下げないから、私は慌てて謝罪は必要ない旨を告げた。

「本当にごめんね。それからエイミー様じゃなくてエイミーって呼んで欲しいな」

「とんでもないことでございます。私は平民でございます」

「そんなの気にしないよ、私！　学園って身分関係ないんでしょ！　ねえ、あなたの名前教えてよ」

「……アシュリーと申します。家名はございません」

そのやり取りを見ていたシリル・アーリントン侯爵令息は、エイミー様に微笑み、その頭を撫《な》でた。

「エイミーは優しいな」

「シリル君、普通だよ？　ここのみんながおかしいんじゃないのかなあ」

彼は目を大きく見開いた。

「エイミーはこの学園に新しい風を呼ぶ女神だね」

彼は宰相の息子で、頭も良く冷静沈着らしい。らしいというのは私とは直接関わり合いがないため、耳に入ってきた噂話《うわさばなし》しか知らないからだ。濃紺の髪の毛と同じ色の瞳、ちょっと吊《つ》り上がった目に薄い唇で酷薄な印象を与える美形の彼はミュラー先生同様、女子生徒に人気があったが、基本的に女子生徒とは話をしない。それは婚約者がいるからだとこれまた噂で聞いた。そんな彼が女子生徒と親しげに話すとは問題だろう。周りの女子生徒がひそひそと噂をしはじめている。

「石頭、エイミーが優しくて良かったな」

周囲の様子なんて気にならないらしい彼は、そう言うと転入生とともに去って行った。


転入後しばらくすると、転入生のエイミー様は学園で注目されるようになった。身分に関係なく人懐っこい性格で、低位貴族にも平民にも分け隔てなく接するため、一部には人気者だ。しかし、その貴族らしくない振る舞いに、苦言を呈する女子生徒もいた。その筆頭が第二王子殿下の婚約者のシャーロット・ヘレフォード侯爵令嬢で、一つ上の第二学年に在籍する彼女は生徒会の一員でもある。

その日も廊下を走っていく転入生を注意しており、その場には転入生とシャーロット・ヘレフォード侯爵令嬢しかいなかった。私もいるけれども認識はされていない。

「お待ちなさい。廊下は走ってはなりません」

「え、ごめんなさーい。でも誰もいないし問題ないんじゃないかなあ」

「言葉遣いを正しなさい」

「えっと、ごめんなさい。ところで、あなた誰?」

首を傾《かし》げて聞く転入生のエイミー様にシャーロット・ヘレフォード侯爵令嬢は顔色を失った。

「私はヘレフォード侯爵家のシャーロットですわ」

その言葉で転入生のエイミー様は思い至ったとばかりに笑顔で手を打つ。

「あ、ヘンリー君の婚約者ですね!」

この学園にいる生徒でシャーロット・ヘレフォード侯爵令嬢のことを知らない者はいない……はずだった。

「口を慎みなさい。どなたの許可を得て殿下のお名前を――」

その時、宰相の息子であるシリル・アーリントン侯爵令息が割り込んできた。

「ヘレフォード嬢、ヘンリー殿下は学園では皆平等であるとおっしゃいました。そう、王子であろうと平民であろうと平等だと。ですから許可は不要です」

「あなた、本気でおっしゃってるの?」

二人が睨《にら》み合っていると、エイミー様がシリル・アーリントン様の袖を摑んで、目に涙を溜《た》めながら謝る。

「シリル君、私が悪かったの。貴族の振る舞いができないから……。ごめんなさい。シャーロット様」

そうエイミー様が謝ると、明らかに納得はしていないだろう顔でシャーロット様はその場を去って行く。

私が一部始終を見る羽目になってしまったのは、私の休息の場所であるゴミ捨て場の裏に行く途中の廊下で二人が邪魔で先に進めなかったからだ。先ほどのシャーロット様の注意は至極もっともである。廊下を走ったら危ない、それだけだ。転入生のエイミー様はなかなかの曲者《くせもの》ではないかと思わないでもないが、やはり私には何の関係もないことなので、いそいそと校舎から出て我が休息の場所に向かった。

校舎を出てから数分ほど歩くと、ゴミ捨て場に着く。このゴミ捨て場の裏には雑木林があり、整えられていないそれは田舎の自然を思い出させる。そう、母が毎日のように散歩をしていた森だ。あの森は中心部に進むと木々が鬱蒼《うっそう》と生い茂り、迷いやすくなるので、奥には入らないようにと私は幼い頃から注意をされていた。だから手前までしか森の様子は知らない。母とエリオットも私と同じように奥までは入らずに散歩をしているのだろうか。私は母と散歩をしたことがないので、どこをどう歩いているのか知らないのだ。

この学園の雑木林には、いい具合に木陰のある箇所にあつらえたような切り株がある。それがとても座り心地がいい。私のお尻のためにあるのではないかと思うくらいだ。だからここに来ると切り株を椅子代わりにして座っている。

食堂でご飯を食べる金銭的余裕はないので、大抵ここで昼食を摂《と》っている。奨学金が出ていると言っても、文房具や書籍を購入するとほとんどがなくなるのだ。だから日持ちする黒パンと水が私のいつもの昼食である。黒パンは固いし酸っぱいけれども、噛《か》み応えがあるし腹持ちもいい。たまにチーズやハムをのせたりもするが、今日は黒パンのみだ。しっかりと噛みしめ味わっていると来客が現れた。

「あら、来たのね？」

友だちのいない私が学園で唯一話しかけているカラスである。先週、このカラスが猫に襲われそうなところを私が助けたのをきっかけに仲良くなったのだ。

「あら、お土産？」

「かぁー、かぁー」

カラスは返事をするように鳴いて、私の膝の上に綺麗なガラス玉を置いた。このカラスの目玉と同じ赤色である。

「素敵ね。ありがとう」

私はメガネを外してガラス玉を太陽の光に当てて眺めた。キラキラと光が散乱して美しい。

「本当に綺麗。ありがとう、大切にするわ」

ガラス玉をポケットに入れたところで、遠くでチャイムが鳴るのが聞こえる。

「あら、そろそろ午後の授業が始まるわ。またねカラスさん」

私はカラスを撫でると、メガネをかけて教室に戻った。

それにしても、カラスしか友だちがいないとは何とも寂しい。しかしエリオットが言うには私は『罪深い子供』なので、我慢すべきなのだろう。王都には貴族も多くて、油断していたら私が母の娘であることがばれ、エリオットが一番懸念する母が汚されたという不名誉な事実が広がってしまう。

私は『罪深い子供』だ。母は優しいから私を受け入れて育ててくれた。実際はエリオットが世話をしてくれたのだが、それでも母がいなければ私は生きてはいない。エリオットは私の存在を許していないから。きっと母が私の存在を本気で嫌がれば、私は簡単に捨てられていただろう。そうなれば、今頃生きているかどうかも分からない。

午後の授業はいつもより身が入らなかった。ちょっと悲劇のヒロイン気取りが過ぎたようで、実際に落ち込んでしまったのだ。雑念を振り払い、メガネをくいっと上げて板書をするミュラー先生の後姿を見つめる。

ミュラー先生はエイミー様を明らかに贔屓《ひいき》していた。学園内で問題になってもおかしくないのだが、なぜかそんな様子が窺《うかが》えない。何かが変だと思いつつも、いつも通り教室の隅でノートを取り、チャイムが鳴ると同時に授業が終わる。私の席は窓際の一番奥にあるので、教室にいる生徒があらかた出て行ったのを確かめてから、席を立った。

今日の放課後は、内職で仕上げたものを納入するために下町に行く予定だ。一旦寮に帰って外出する旨を寮母に告げ、徒歩で町まで下りる。

このレナトゥス王国の王都は王宮を中心に形成されており、学園もその中心部分に位置する。そして王都内の西部に貴族、東部に庶民が住む区画があり、今日は東部に行く。学園に通う者は馬車で通学するため、馬車専用の出入り口はこの時間混むのだそうだ。一方の私は徒歩なので混雑と関係なく、徒歩専用の出入り口から学園を出る。

学園を出て少しすると大きな通りに出るのだが、そこは馬車の往来が激しい。さすが王都だと初めてここに来た時は驚いたものである。特に今は学園生の帰宅時間なので、多くの馬車が走っている。貴族の場合はそれぞれの家の紋章が馬車につけられているのだが、その時たまたま目に入ったのは王家の紋章だった。

一瞬だったが、クリストファー王太子殿下と目が合った気がした。すると殿下は天色の目を細めて私に微笑みかけた。驚いてしまうが、きっと私の周りに知り合いの学生でもいたのだろう。きょろきょろと周りを見渡すが、それらしい人はいない。

「本当に私に微笑んだのかしら……」

あまりにも不可解で思わず独り言《ご》ちる。もしかしたら、殿下も私のように人ならざるモノでも視《み》えているのかもしれないと結論付けた。私は、ドロドロしていたり、沢山目玉があったりする気持ちの悪い化け物がごくたまに視えるのだ。そういった類は無視することにしているので、特に日常生活に支障をきたすことはない。ただただ存在が気持ち悪いだけで。

そんなことを考えながら、てくてくと歩くこと一時間半、下町でも少し治安の悪いところにある怪しい古本屋に着く。このあたりに来ると、道の舗装も悪くなり、馬車の行き来も少なくなる。馬車が走ったとしても荷馬車だ。

客を入れるつもりがないのか、古本屋の締め切った木の扉を強く叩く。

「ごめんください。アシュリーです」

「開いてるよ」

その答えを聞いて、私は中に入った。

この古本屋は一般の人に売る気がないのだろう、沢山の本が縦に積まれている。雪崩を起こしそうで起こさない本の山に触れないように店主のいる奥に進んだ。

「よお、アシュリー。出来上がったか？」

店主は三十代の男で、腹が出て目つきが鋭い小男である。薄暗い店内の奥は、整理整頓されていてそれまでの店の印象ががらりと変わる。

「ええ、こちらになります」

私が封筒を差し出すと、店主は中身を確認した。

「よし、まずまずの出来だな」

この男は褒めないので、まずまずの出来ということは問題ないということだろうと思いつつ、次の仕事について話を進める。

「今度はこれだ」

男が差し出したのは古文書だった。

「これは特に丁寧に頼むぞ」

中身を確認すると、かなり古いものであることが窺える。羊皮紙に古代レナトゥス語で手書きされたそれは、魔術についてのものだった。そもそもこの世界に魔術を使える者はほとんどいない。ゆえに魔術道具を作れる者もわずかしかいないらしく、私のメガネとカチューシャは貴重な逸品なのだ。

「この写しの仕事がばれるようなことがあったら……。分かっているよな?」

「はい。くれぐれも慎重に行います」

私は油紙に包まれた古文書を大切に鞄《かばん》にいれて店を後にした。どうにもこうにも怪しすぎるこの仕事からは、早々に足を洗ったほうがいいだろう。とんでもなく賃金はいいのだが、下手をすると命がないというのはまずい。

この仕事を最後にしようと心に決めて歩き始めたが、帰りも一時間半歩くことを思うと気が重くなる。石畳のある大通りまでは砂ぼこりの酷《ひど》い整備されていない曲がった道を歩くのだが、安全のため近道でも裏路地には決して入らない。いくらブスメガネでも女というだけで危ないのだ。このあたりの治安は決して良くない。

薄暗い裏路地を横目に見ながら歩みを速めていると、「なーお、なーお」とごくごく小さな鳴き声が聞こえてきた。いつもならば、ごめんなさい、面倒をみることができないからと心の中で謝って素通りをしてしまうのだが、今日はとても気になってしまい、裏路地に足を踏み入れた。なぜだか分からないが、なんとしても助けねばならないという強い使命感が私を突き動かす。

そして目に入ったのはずぶ濡《ぬ》れの小さな仔猫《こねこ》だった。

「まあ、すごく小さな猫だわ」

手のひらに乗るほどの小さな猫が震えていた。ネズミ程度の大きさだ。

「お酒臭いわ。きっと酔っ払いがねこちゃんにお酒をかけたのね！　酷いことするものだわ」

私は猫をハンカチで拭くと、片手で抱いて裏路地を出た。

「とりあえず寮まで連れ帰ってみるわね。寮母さんにおまえが元気になるまで世話をさせてほしいと頼むつもりだけれども、だめだったらどうしましょう……」

私の言葉を理解しているかのように仔猫は「なーお」と鳴く。仔猫を抱いていると不思議なことに私の心が温かくなっていく。

帰りの道のりは心なしか足取りが軽かった。

学園に着く頃にはもう日が暮れていたが、平民寮の付近に暗闇を照らすガス灯はないので、転ばないように用心深く仔猫を抱いたまま寮まで歩みを進める。

寮の玄関に入ると、いつものように声をかけた。

「ただいま戻りました」

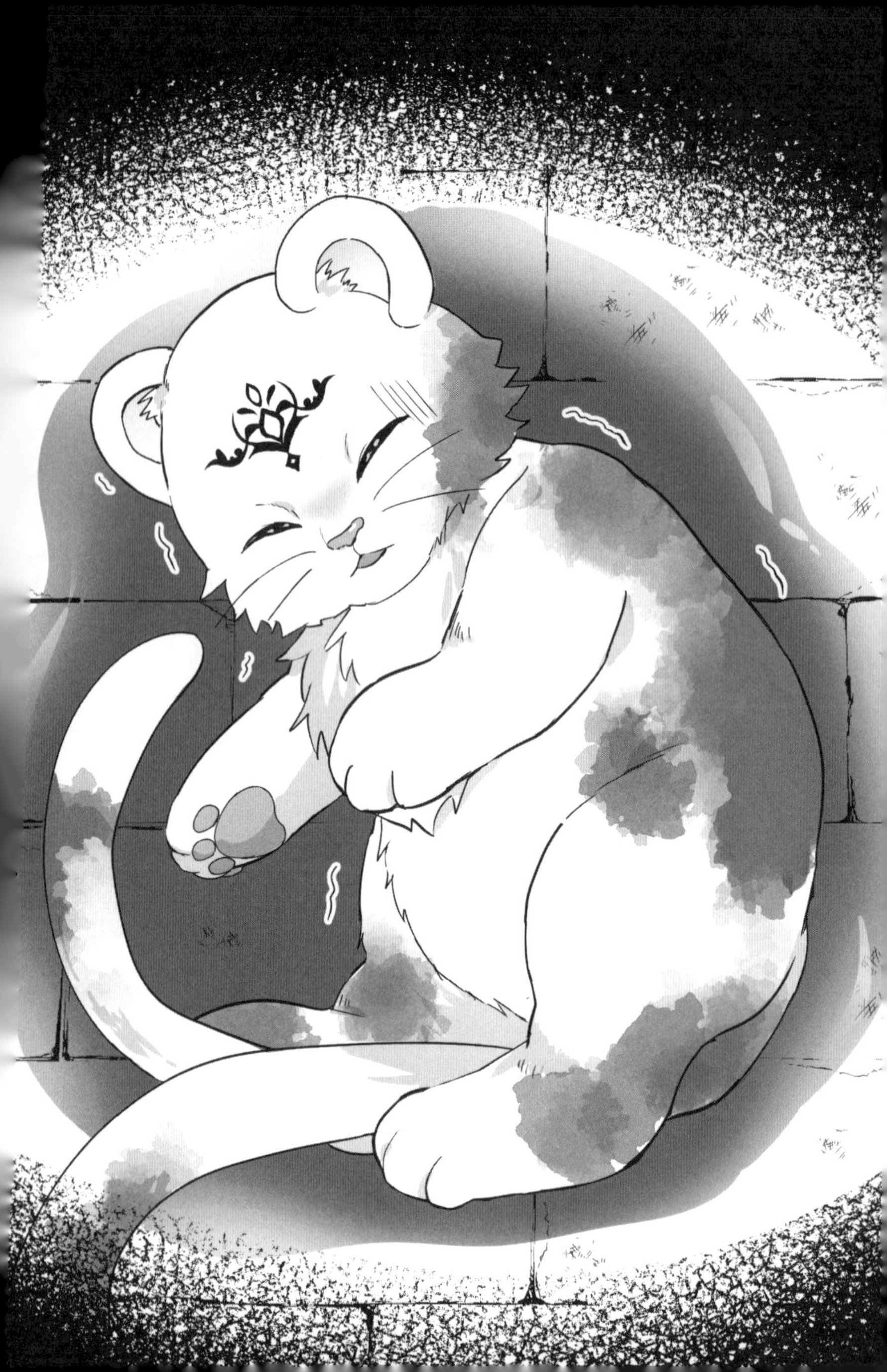

誰からも返事はないが、毎度のことなので気にせず、寮母さんに会いに行くために一階の奥の部屋に向かう。今の時間だと寮母さんは食事の準備を終えて一息ついている頃だろう。

「ねこちゃん、いい子でいてね」

返事をするように「なーお」と鳴く。本当に言葉が分かっているみたいだ。

仔猫を抱いたまま寮母さんの部屋のドアをノックすると、あいよと返事が返ってきた。

「アシュリーです。ご相談がありまして」

「ドア開けて入ってきな」

私は猫を抱いているから、部屋の中に入るのは遠慮した。

「あの、この小さな猫を元気になるまででいいので世話をしたいのですが。凄《すご》く賢くていい子なんです」

私は必死になって寮母さんに猫を見せた。本当に小さくて可愛い猫なのだ。手のひらに乗せた仔猫をそっと撫でると、寮母さんは怪訝《けげん》な顔をした。

「あんた、何言ってんのさ。何にもいやしないじゃないか」

「え？」

確かに手のひらに仔猫がいるのに。寮母さんは猫を飼うのを見逃してくれるためにわざと言っているのだろうか。でも彼女はそんな気遣いをする人ではない。

「猫ってなんのことだい。何にもないところを手で撫でて気持ち悪いったらありゃしないよ。あんた、勉強のし過ぎで頭がおかしくなったのかい？」

　頭がおかしくなったのかと聞きたいのはこっちの方だ。確かに仔猫は私の手のひらにいて、温かさも感じるのに。

「ちゃんと見てください！　猫がいるでしょう？」

　寮母さんが眉間に皺《しわ》を寄せて、私の顔と手のひらを見ると、ため息をついた。

「あんた、疲れてんだよ。さっさと部屋に戻って寝な」

「この猫、飼っていいんですよね」

　寮母さんが呆《あき》れた顔をして、いいよいいよと言いながら、あっちに行けとばかりに、しっしと手を振る。

「どういうことかしらね？　おまえが見えないなんて」

　寮母さんの目のことが心配になるけれども、今は仔猫の方が先だ。大切に大切に猫を抱いて、階段を上がっていると第三学年の先輩とすれ違った。もじゃもじゃ頭の男の先輩で私は心の中でモジャ先輩と呼んでいる。前髪が伸びすぎて素顔を見たことがない。

「先輩、こんばんは」

「……うん」

　この先輩は口数が非常に少なく、返事があるだけでも珍しい。

「あの、この仔猫、しばらく寮の部屋で世話をすることにしました」

私は胸に片手で抱いている猫を先輩に見せた。

「……？」

「とても賢い猫ですので、どうぞよろしくお願いします。寮母さんには了承を得ています」

「なにもない」

「え？」

先輩は首を横に振る。

「君には見えないものが視えているみたいだね」

私は先輩がこんなに長文を喋《しゃべ》っているのを初めて聞いた。

「見えないもの？　ご冗談でしょう」

温かいし、はっきり見えているし、存在している。しかし、先輩は再び首を横に振る。

「ないよ。君、病院に行った方がいい」

同情に満ちた話し方をされて私はいたたまれなくなってしまった。

本当に他の人には見えないのだろうか。

先輩が階段を下りて去った後、仔猫に話しかける。

「おまえ、本当に他の人には見えないの？」

猫は「なーお」と答えるだけだ。

私は一旦部屋に戻って、確証を得るためにもう一人の先輩の部屋に行くことにした。第四学年の先輩は部屋から異臭を放つ男の先輩で心の中でイシュー先輩と呼んでいる。分厚い眼鏡をしていて、素顔を見たことがない。つまり、この寮にいる私を含めた三人は互いの顔を知らないことになる。そもそも不文律で干渉しないようになっているので、こうやって先輩の部屋を訪ねるのも初めてである。

先輩は今日もなにか実験をしているらしい。なんだか腐ったような焦げたような臭いがドアのすき間から漂っていた。私は意を決し、ノックをする。

「アシュリーです」

そう声をかけると、すぐにドアが開いた。

「なんだい、一年坊主」

異臭がもわっと私を襲うが、臭わないふりをして挨拶をした。

「あの、先輩にはこの手のひらにいるものが見えますか？」

私は仔猫を両手に包み込むように乗せて先輩の目の前に差し出した。

「良く見せてみろ」

先輩は私の手のひらをじっと見つめた。

「うん。空気が乗ってるね。目に見えないけれども確かに存在する」

私は先輩の応えを聞いて、この猫は見えない猫なのだと確信した。そもそも私は人の目に映らない奇妙なものを目にすることがたまにあるので、そこまで不思議にも思わない。ただし、それらは気持ちの悪い人ならざるモノで、決してこんな可愛い仔猫ではない。

私は自分の部屋に戻り、仔猫を改めて確認する。お酒で濡れていた体からは仄《ほの》かにまだ酒精の匂いがするので、一階の浴室で温かいお湯を盥《たらい》に汲《く》んで仔猫の体を綺麗にした。

よたよたした仔猫をよく見ると、額に何か模様があり、小さな尻尾が二本生えている。

「おまえ、尻尾が二本もあるのね」

すると仔猫は「なーお」と返事をする。人間ではないけれども話しかける相手がいるというのはいいものだ。

「元気になるまで私が世話をするつもりよ、ねこちゃん。うーん、そうよね、名前がないと不便だわ」

猫を名付けることにしたはいいが、ふいに口から出てきたのは目の前の可愛い仔猫にはふさわしくない名前だった。

「ブドーシュ」

仔猫が「なーお」と答える。まるでいいよと言っているかのようだ。酒臭かったので葡萄酒《ぶどうしゅ》、ブドーシュと呟いてしまったが、こんな名前ダメだ。お酒臭かったのはきっと人間にいじめられたせいなのに。我ながら酷い名付けである。

「ごめんなさい、ちゃんと考えるわ」

仔猫は「なーお」と答えて床に座り込んでいる私に擦り寄ってくる。

「餌はどうしたらいいのかしら……」

なぜかとにかく連れ帰らねばと強く思ってしまい、何も考えずに寮まで帰ってきてしまったのだ。

帰り道に猫の餌になるようなものを買ってくればよかったのだが、私は猫を飼ったことがなく、猫の生態についてまったく詳しくなかった。

「ああ、図書館が開いていたらよかったのに」

図書館に行けば猫の飼い方の指南書くらいあるだろうが、すでに閉館時間を過ぎている。

「困ったわ」

仕方なく仔猫の喉を人差し指一本で撫でていると、仔猫が私の指をぺろぺろ舐《な》め始めた。

「ふふ、くすぐったいわ。ごめんなさいね、お腹空《なかす》いているのよね」

何も出てこない私の指を舐めるぐらいお腹が空いているのだろう。ひもじいのは切ない。とにかく餌を用意しなければと思案する。

「ミルクでいいのかしら？」

仔猫に聞くように尋ねると、仔猫は必死に私の指から出ている金色のモヤモヤしたものを舐めていた。

「え？　何これ！」

私の指から確かに金色のカスミのようなものが出ている。それを美味《おい》しそうに食べる仔猫。

「ちょっと、なんなのかしら？　皆に姿は見えないと言うし、私の指からは変なものが出てくるし、それを舐めているし。二本尾のねこちゃん、あなたは何者なの？」

ほんの小さな仔猫だったねこちゃんは、私の指から出てくる金色のモヤモヤを食べ続け成猫並みの大きさになった。

目の前の事象に理解が追い付かない。

「どういうことなの？」

目を細めて「なーお」と鳴く仔猫ではなくなった猫は元気よく部屋を歩き回り始めた。そして机の上のアルコールランプのふたを前足を使って器用に開ける。

「ダメよ、それは飲んではいけないわ。死んでしまうわ！」

「なーお」と鳴きながら、前足で掴《つか》んでアルコールランプの瓶の中身を飲み干した。一滴も零《こぼ》さずに。その飲みっぷりはあっぱれとしか言いようがない。

私は目が点になりながら呟いた。

「おまえ、ブドーシュという名前にふさわしい猫だったのね」

恐らく酒で濡れていたのは、猫自身のせいだろう。この二本尾の猫は人の目に映らない、酒が好きな不思議な猫のようだ。

「いいえ、そもそもおまえは猫なのかしら？」

猫のような姿をしているけれども、成猫並みの大きさになったブドーシュを見ると猫よりも脚が太いし、耳は丸い。毛並みは私の髪と同じ銀色をしているが、もふもふして柔らかい。そして額にはなにやら文様がある。

謎の生物ではあるが、抱っこすると私の孤独が癒されていく。

「私って単純なのね」

こうして独りぼっちで寂しかった私に、もふもふの謎の生物ブドーシュが寄り添ってくれることになった。


翌日、朝日に反射するブドーシュの銀色の豊かな毛をもふもふしながら、一人ではない喜びを噛みしめていた。背を撫でるとブドーシュは気持ちよさそうに私と同じ紫色の目を細める。ブドーシュは私と同じ紫色の目をしているのだ。

今まで私と同じ目の色の人を見たことがない。田舎だからいなかったのだろうと思っていたが、王都で暮らすようになっても一人として見たことがない。銀色の髪の毛の人も同じく目にしたことがない。恐らくどちらもとても珍しいのだろう。

私とお揃《そろ》いの毛の色と瞳の色をしたブドーシュに話しかける。

「ブドーシュ、いい子でいるのよ。と言ってもおまえは誰の目にも映らないようだけれども、決して一人で外に出ないこと」

ブドーシュに言い聞かせた後、いつものように頭にカチューシャをつけて、三つ編みをする。そしてメガネをかければ準備はおわりだ。いつも通り、ゴマのような小さな茶色の目に、茶色の髪の毛のアシュリーになる。

私はしゃがんでブドーシュのおでこに私のおでこをくっつける。

「行ってくるわね、ブドーシュ」

そうして私がドアを開けて廊下に出ても、ブドーシュが私の足元から離れようとしない。しっかりとくっついている。

「ねえ、ブドーシュ。おまえを学園に連れて行くわけにはいかないのよ。いい子だから大人しくしてね」

私がブドーシュに話しかけている様子を見た寡黙なモジャ先輩が声をかけてきた。昨日に引き続き珍しい事象が発生している。

「アシュリー、精神が摩耗している。病院へ行け」

やはり先輩にはブドーシュは見えていない。というか私は何もないところで、独り言をずっと言っている危ない人だと思われているようだ。だからこそ、いつもはほとんど口をきくことがないモジャ先輩が長文を話しているのだろう。

「大丈夫です……。ご心配をおかけして申し訳ございません」

私はこのままブドーシュはいないものとして、学園に向かうことにした。ブドーシュは私の側を歩いている。

こんなにはっきりと存在するのに、どうして誰にも見えないのだろうか。

寮から歩くこと二十分、校舎に着く。貴族の方々の寮は校舎の近くにあるのでさほど歩くことはない。それにもかかわらず、ご令嬢方が入学した当初は遠いと文句を言っているのがよく聞こえたものだ。

ブドーシュは大人しく私の隣を歩いている。それだけでなんだか凄く心強いし温かい気持ちになる。

教室に入り一番奥の窓際の席に座ると、ブドーシュは窓台に寝そべっていた。結局、食事は与えなかった。というよりも私の指から出る妙な金色のモヤモヤが食事のようだ。つまり食事代はかからない。そういえば昨日から排泄《はいせつ》もしていない。

……多分ブドーシュは普通の生物ではない。

窓から差し込む朝日で光り輝く銀色の毛並みを触って愛《め》でたいけれども、頭がおかしい人だと思われる可能性が高い。だから触るのは我慢して、ブドーシュの美しい姿を見て堪能する。そう、ブドーシュは非常に美しいのだ。仔猫サイズも愛らしくてよかったけれども、成猫サイズもなかなか見事である。

今日も教師に一度も当てられることもなく、午前中の授業が終わった。昼休みはいつものようにゴミ捨て場の裏に向かう。ゴミ捨て場は放課後に清掃の仕事の人が使うくらいで生徒は誰も寄り付かないので、私の貴重な安息の場なのだ。この場所は入学早々に見つけたが、今まで誰にも会ったことがない。

雑木林の木々が囁《ささや》くような葉音だけが聞こえる静かな空間。この自然の匂いや音が田舎者の私を癒してくれる。

切り株に座ると、ブドーシュが膝の上に乗ってきた。「なーお、なーお」と鳴きながら、私の指を前足で軽く触る。くすぐったくて、ふふふと笑い声が漏れつつ指を差し出すと、ブドーシュは私の指から金色のモヤモヤを出して美味しそうに食べる。今朝は何も口にしていなかったので、きっとお腹が空いていたのだろう、しばらく舐めていた。その様子が可愛くて、自分の食事も忘れて見入ってしまう。金色のモヤモヤを十分食べたらしいブドーシュは「なーお」と鳴いて伸びをした後丸くなった。

「おまえ、膝の上に乗るには大きすぎやしない？」

食事を終えたブドーシュは中型犬並みの大きさまで成長した。膝の上に乗せる大きさとしてはギリギリである。

「食事を摂《と》るたびに大きくなるって、問題よね」

この調子で大きくなっていったら、すぐに私の身長を超えてしまうだろう。そして部屋にも入れなくなる。

「まあ、そうなったら、そうなったで考えるわ。何もかもが想定外で規格外なんだもの」

私はようやく自分の食事を摂る。ブドーシュを愛でながら、瓶のコルクを開けて水を飲んで黒パンを食べた。

簡素な食事を終えた私は、カラスにもらった赤いガラス玉をポケットから取り出し、澄んだ青い空にかざす。赤い光が散乱する様はガラス玉とは思えないほど複雑に屈折して、とても美しい。中型犬並みの大きさになったブドーシュを膝からおろし、私は魔術道具のメガネを外して、目を細めて眺めた。

「ねえ、ブドーシュ。本当に綺麗ね。これ私の友だちのカラスさんがくれたのよ」

ブドーシュにガラス玉の話をしていると、当の本人のカラスがこちらに向かって飛んできた。真っ黒な羽を輝かせて飛ぶ姿に見惚《みと》れていると、ブドーシュがカラスを払い落とすように前足で飛び掛かる。

「ブドーシュやめて。カラスさんは私のお友だちなのよ」

ブドーシュは「なーお」と鳴いてそっぽを向く。昼休みも終わりに近く、私はカラスに向かってごめんなさいと謝り、ゴミ捨て場を後にした。

今日の放課後は内職で写しをやっている古代レナトゥス語を調べるために、王立図書館に行く予定である。古代レナトゥス語の書籍は学園の図書館にもあるのだが、魔術に関する用語についてはなかったのだ。そもそも魔術が存在するということすら学校で習うことはないし、普通に暮らしていて魔術という言葉を耳にすることもない。たまたま私はメガネとカチューシャが魔術道具であったため、普通の人よりは魔術というものを身近に感じていた。

王立図書館はこの国最大の図書館で、どのような分野の本も揃っており、ない書籍はないと言われている。この学園の図書館も非常に素晴らしく、初めて入館した時は声を上げそうになったほどなのだが、その学園の図書館の百倍以上の蔵書があると聞けば、興奮するのも無理はないだろう。

「今日は王立図書館に行くわよ。ブドーシュ、静かにしていてね」

教室を出る際にごくごく小さな声で呟くとブドーシュは「なーお」と答えて、私の隣を歩いていく。

学園の出入り口は馬車専用と徒歩専用に分けられているが、歩いて学園外に出て行く人は少なく、今日も閑散とした徒歩専用の門を出る。図書館はここから三十分ほど歩いた先にあり、途中には貴族御用達《ごようたし》の店が並ぶ大通りを通るので、今日は私服でなく制服で外出している。この制服を着ていれば、王立学園の生徒であると認識され平民といえども邪険にされないらしい。

貴族の方々は道をあまり歩かないようで、お店の前に馬車を止めてそのまま店内に入るようだ。一生縁がないであろう高級な店をちらちらと見るのも楽しい。美しい宝石店、帽子店、文房具店、どの店構えも立派だ。ブドーシュは興味がないのか、よそ見をすることなく大人しく隣を歩いている。

ようやく宮殿のような王立図書館の建物が見えてきたところで、意外な人物が目に入る。いや、そんなに意外でもなかった。馬車から転入生のエイミー様とヘンリー第二王子殿下が降りてきたのだ。それも目の前で。お忍びのつもりだろう、変装しているが、どう見てもあの二人である。腕を組んで何かを語り合って微笑みあっていた。

エイミー様の魅力は凄《すさ》まじい。確かに可愛い顔をしているが、そこまで突出しているわけではない。今エイミー様と一緒にいるヘンリー第二王子殿下の婚約者であるシャーロット様の方が顔の造りも所作も綺麗だと思うが、女性の魅力というのは見た目だけではないのだろう。それにしても彼女は色んな男子生徒を虜《とりこ》にしすぎている。関係のない私ですら、そのうち大きな問題になるのではないだろうかと心配になってしまう。そんなことを私が考えても詮無いことなので、少し歩みを速めて王立図書館へ向かった。

初めて見る王立図書館は学園の校舎より大きく荘厳な建物だった。歴史ある建築物で王都の観光名所の一つになっているが、観光客は中には入れず、外観だけ楽しむ。私は観光ではなく図書館を利用するため、身分を証明して入館証を発行してもらった。私は王立フロース学園の生徒であるので、入館証を得る資格があるのだ。ちなみに普通の平民は他の機関で許可書を取得しなければ、入館証を発行してもらえない。

つまり、私は卒業したらこの王立図書館を利用できなくなる。無事に官吏になれれば問題ないのだが、なんのコネもない私が官吏になるためにはかなり良い成績を収めねばならない。跡継ぎでない貴族の次男、三男が官吏になることが多いのだが、彼らはそこそこ勉強ができればあとはコネで入ることができる。平民でなんの後ろ盾もない私が官吏になるのは狭き門なのだが、私が一人で生きていくならば、これ以上ない選択だと思っている。

平民でブスメガネの私にまともな結婚は無理だろうから、一生一人で生きていくために安定した職というのは何よりも魅力的なのだ。いや、もう一人ではなかった。ブドーシュも一緒なのだ。ブドーシュのためにもちゃんと私が生活面で不自由なく自立して金色のモヤモヤを出し続けられるようにしないと、ブドーシュが飢え死にしてしまう。絶対に官吏になって、ブドーシュが不自由しない生活をしようと決意を新たにしながら、図書館の中を進む。

この王立図書館は三階建てで、とにかく広い。今回私が調べたい古代レナトゥス語に関する本は、三階の奥まった区分にあるらしい。階を上がるごとに人が少なくなっていく。より専門性の高い書籍は三階の書架に収められているようだ。また貸出禁止の書籍がほとんどであるため、本を読むための机と椅子も備え付けられていた。

私がいる区分には誰もおらず、内職で扱っている古代レナトゥス語の古文書のうち調べたい箇所を書きだしたメモを見ながら本を探す。内職は単に書き写すだけで良く、内容を理解する必要はまったくないのだが、どうしても気になることがあったのだ。

それというのも、私が就寝前に唱えているエリオットから教わったまじないの言葉が古文書に記載されていたからである。そのまじないの言葉の意味を調べるために、この王立図書館に足を運んだのだ。古文書にはそのまじないのことが簡潔に記されていた。

――隠者になりたき者の魔術

とだけ書かれてある。隠者になるとはどういうことだろうか。そもそも隠者とはいったい何者なのだろうか。私は隠者になるつもりはさらさらないのだが、エリオットの言葉に従って毎日まじないを唱えている。どうやら健康になるまじないではなかった。

そしてそのまじないの言葉、『アンボ・ロウサ・シーント・メイ』が古代レナトゥス語ではないので、図書館まで調べに来たのだ。書架を隈《くま》なく調べても、魔術の専門書は見当たらない。レナトゥス王国と魔術師の歴史という本は見つかったが、具体的なことはまったく記載されておらず、大きな功績を残した魔術師の名前が数名あげられていただけである。魔術の存在自体、一般人は信じておらず、かくいう私も魔術道具をもらわなかったら魔術などないと思っていただろう。

魔術に関する本――正確には魔術師に関する本になるが――はそれだけしかなかったため、仕方なくその本を手に取り、椅子に腰かけて読んでいると、ふいに声をかけられる。

顔を上げると、目の前にはクリストファー王太子殿下がいた。

「……!」

私は驚きつつも、すぐに席を立つと、腰を落として頭を下げた。

私に声をかけた殿下は漆黒の髪に天色の目をしている。美しくも鍛えられた凛々《りり》しい姿に、甘い声。文武ともに秀でていて、まだ十八歳にもかかわらず将来は後世に名を残す賢王になるだろうと言われているお方だ。なぜそんな人が私に声をかけるのだろうか。ブドーシュは私の緊張を感じ取ったせいか、殿下に対して唸《うな》っている。しかし、ブドーシュの姿も声も私以外には視えないし聞こえないので、問題はないだろう。

「やあ。君はフロース学園の一年生だね。先日も会ったが、覚えているだろうか？　あの時、怪我《けが》はしなかったかい？」

私は直接言葉を返すことは不敬にあたると考え、目を伏せて頷《うなず》いた。それにしても先日一度だけ声をかけていただいただけなのに、殿下はよく一平民である私のことを覚えていたものだ。ブスメガネの私が、こけて四《よ》つん這《ば》いになったのが印象に残ったのだろうか。ブスメガネゆえに記憶に残ったのかもしれない。

「ああ、そんなに畏《かしこ》まらないでくれ」

直答も直視もしていい相手ではないので、この姿勢を崩すことはできない。エリオットは私が王都に行く前に、口酸っぱくして決して貴族にかかわってはいけないと言っていた。クリストファー王太子殿下は貴族どころではなく、王族だ。これは絶対にかかわわってはいけない。

冷や汗をかきながらそのまま黙っていると、後ろに控えていた王太子殿下の従者が私に話しかけてきた。

「王太子殿下の希望である。直答にて質問に答えよ」

私はその従者の顔を見てお辞儀をする。

「かしこまりました」

直接王太子殿下の顔を見るのは不敬であるので目線は下の方にし、王太子殿下の言葉に耳を傾ける。

「君の隣にいるのは神獣だよね？」

「……！」

どうやら王太子殿下はブドーシュが視えていた。ブドーシュが神獣？　珍獣の間違いではないだろうか。

私はかなり驚き動揺したが、知らないふりをする。とにもかくにも王侯貴族にはかかわってはならない。エリオットとの約束を守らねばならない。母の名誉のために約束を反故《ほご》にするわけにはいかないのだ。

声が震えてしまったが、はっきりと否定した。

「何のことでございましょうか。ここには私一人しかおりません」

「……しらを切るつもりかな？」

「いえ、そんなつもりは毛頭ございません。しかし、ここには何もおりません」

「ふーん」

私は俯《うつむ》いたまま答える。王侯貴族には決してかかわってはいけない。『罪深い子供』である私を愛してくれた母の名誉を守らねば。

そして当のブドーシュは殿下を威嚇している。このブドーシュの行動は不敬にあたるかもしれない。私がブドーシュの飼い主だと思われたら厄介なことになりそうだ。とにかく知らぬ存ぜぬを貫かねば。

しばらくの沈黙の後、従者が殿下に声をかけた。

「殿下。私にも何も見えません。多分その平民にも何も見えていないのでしょう。殿下にしか見えてないのではないでしょうか」

従者の言葉に私は黙って頷き、再び頭を下げる。

「君がその気なら、私も手段は選ばないよ」

殿下はそう言うと、ブドーシュを撫でようと手を伸ばした。次の瞬間、ブドーシュが大きく口を開けて、殿下に咬《か》みつこうとした。私はとっさに倒れたふりをしてブドーシュに覆いかぶさる。先日は殿下に四つん這いを見せたが、今回は腹這いである。ただ、その際に少し殿下の体に手が触れてしまった。

そのため殿下の従者が私の腕を捕《と》り背中に捻《ひね》り上げる。

「殿下、大丈夫でございますか？」

従者が殿下に問う。

殿下の前で不審な動きをしたせいなので仕方がないが、ブドーシュが殿下を咬むよりはましだろう。咬んだら、きっとその場で切り捨てられる。たとえ従者がブドーシュを視ることができなくても、殿下が傷つけられたという事実は変わらないのだから。

「ジェラルド、手を放せ。すぐに放すんだ！　彼女の行動は俺を庇《かば》ったゆえのものだ。感謝こそすれ、傷つけることなどあり得ない。おまえには視えないだろうが、そこに神獣がいるんだ。今のは俺が悪かった。なんの断りも入れずに神獣に手を出そうとしたからな。彼女の神獣はどうやら俺が嫌いらしい。可愛くないな」

殿下のお陰で従者から解放されたが、一つだけ否定したい。ブドーシュは可愛い。それだけは間違いない。

「俺の従者が乱暴をして申し訳ない。大丈夫か？」

殿下に手を差し出されるが、恐れ多いと断り一人で立ち上がった。ブドーシュはこの状況を理解したのか、「なーお」と私に謝るように鳴いている。

「なかなか、おまえは頑固者のようだな」

殿下が私に向かってそう言うが、ブドーシュのことは視えていないと断言した手前、今更視えるというわけにもいかない。そして何よりもブドーシュを通して王族と繋《つな》がりを持つようなことがあってはならない。エリオットとの約束は決して破ってはならないのだ。

ブドーシュが視えていないという嘘《うそ》がばれたら、きっと捕まってしまう。王族を欺いた罪で。そして魔術道具のメガネとカチューシャを取られて、母に瓜二《うりふた》つの私の顔をさらして処刑されるのだ。

そうしたら母が汚された事実が公になってしまう。私は『罪深い子供』なのだ。怖くてブドーシュに縋《すが》りつきたいが、それはできない。震える脚にブドーシュが擦り寄る。

「そんなに青くなる必要はない。ああそうだ、さっきジェラルドが捻り上げた腕は大丈夫か？　痛みはないか？」

実際痛かったが、私は首を横に振った。

「痛いんだな？」

「痛くはございません」

殿下は従者を責めるように言う。

「ジェラルド、おまえ、何もしていない女性に酷いな」

「殿下をお護《まも》りすることが私の仕事でございます」

ジェラルド様という名の従者の言うとおりである。この一連の流れ、すべてにおいて私が悪いのだ。殿下の体に平民が触れるなんてあってはならない。

「しかし、殿下をお護りするのが私の仕事とはいえ、何もしていないと殿下が断定する女性に手をあげたこと、心より陳謝する。申し訳ないことをした」

ジェラルド様は貴族だろうに平民の私に謝った。それだけで十分だ。

「恐れ多いことでございます」

私はジェラルド様に頭を下げた。そもそも私がいきなり殿下の目の前で倒れこんでその体に触れたせいなのだから、殿下の護衛であるジェラルド様は何も悪くはない。

「いや、本当に悪かった。どうか俺の従者を許してほしい」

平民の私に謝罪するとは。この言葉は聞かなかったことにした方がいいと思い、そのまま黙って頭を下げた。

「しかし、神獣についてはまた追及するぞ。俺の目には銀色の毛並みで紫色の目をした神獣が視えているんだ」

殿下はそう言うと、私の痛めた方の腕に手を当てた。殿下の手からほの青い光が一瞬出て私の腕を包み込む。次の瞬間、私の腕の痛みはなくなった。

「邪魔して悪かったな。まあ、おまえが神獣のことを認めるまでは何度でも邪魔するつもりだが。それにさっき俺の魔力も視えたのだろう？」

どんな表情をしていたかは、殿下の顔を直視できないので分からないが、声は大変嬉《うれ》しそうに聞こえた。

私は頭を下げ、殿下が去るのをひたすら待った。

それにしても、こんなところで母の教育が役に立つとは思わなかった。母は日常生活ではまったくの無能だったが、礼儀作法や暗唱すべき詩や音楽など平民にはそれほど必要とはされないことはきまぐれで教えてくれた。恐らく殿下の体に触れたこと以外は、不敬にあたるような行動はしていないと思う。

殿下が去るまで姿勢を保ったまま、ブドーシュのことを考えていた。もしブドーシュが本当に神獣ならば、紛擾《ふんじょう》に発展するのではないかと戦々恐々とし、背中に汗が流れる。神獣がどんなものかは分からないけれども、殿下の執着の仕方からして、何か価値のある存在なのだろう。

「本当におまえは頑固者だな。次は必ず神獣がいることを吐かせてやるからな」

殿下はそう言うと、ようやくこの場から立ち去った。

「ブドーシュ、厄介なことになったみたい」

私がブドーシュに呟くと、「なーお」と困ったような顔をして鳴いた。

「大丈夫よ、怒ってないの。私を守ろうとしたのよね。さあ、もう寮に帰ろう」

こうして私も図書館を後にした。

結局、その日は魔術については何の収穫もない上に、王太子殿下にブドーシュの存在を知られてしまったという面倒ごとが増えてしまっただけだった。

王立図書館で殿下と色々ありすぎて、さすがに疲れてしまった。それでもいつものように寮の自室で古文書を開いて、古語を書き写す。あの例の怪しい内職だが、この仕事を最後にしようと心に決めて、一文字一文字筆写する。

結局、この古文書に書かれている『隠者になりたき者の魔術』のことについては何一つ分からないままだ。王立図書館まで足を延ばしたというのに、クリストファー王太子殿下にブドーシュのことがばれてしまって、それどころではなくなった。

「結局、まじないも魔術も全然分からなかったわね」

私がブドーシュに話しかけると、「なーお」と答えながら私の足を舐《な》めている。どうやら金色のモヤモヤは全身から出せるようである。といっても私が自在に扱えるわけではなく、ブドーシュが私の体から引き出すのだ。この不思議な現象についても知りたいところなのだが、誰に何を聞けばいいのかさっぱり見当がつかない。

「エリオットに聞いてみようかしら。お母様なら何か知っているかも」

そう思いついて、便せんを取り出すもエリオットの言葉を思い出す。お嬢様を煩わせてはなりません、そう彼はよく言っていた。私は『罪深い子供』なのだ。私はそっと便せんをひきだしにしまい、ため息を一つついた。

「ブドーシュ、寝ましょう」

机から離れて、ベッドに腰掛けて、エリオットが欠かさず毎晩しなさいといったまじないを唱える。古文書によると、私が教わったまじないは『隠者になりたき者の魔術』ということだが、エリオットが必ずしろと言っていたのだから、欠かさずすべきなのだろう。まじないを唱え終わると、ブドーシュを抱きしめてベッドにもぐりこんだ。

本当にブドーシュと出会えて良かった。謎の生物ではあるけれど、一緒にいると本当に心が休まるし、元気も出てくる。何より一人でないというのは心強い。


翌朝、いつも通りに身支度をしてそのブドーシュを連れて今日も学園に向かう。ブドーシュと出会ってまだ三日目だが、ブドーシュは大型犬の大きさにまで成長した。さすがに大きくなりすぎたので、今日からは人混みを避けるために少し早めに寮を出る。幸い私の教室での席は窓際の一番奥なので、ブドーシュは誰の邪魔にもならない。しかしこれ以上大きくなりすぎると、教室に入ることも難しくなるかもしれない。

午前中の授業が終わり、私の憩いの場所であるゴミ捨て場の裏に向かう。お気に入りの切り株に座ってブドーシュの頭を撫《な》でた後、布の包みから黒パンを取り出し、昨日の残りのチーズを乗せた。

今日はいつもよりほんの少し豪華な昼食だ。

まずは口の中を潤そうと水をいれた瓶のコルク栓を外すと、コルクが勢いよく私の手元から飛んでいった。弧を描き落下するはずのコルクはふわふわと不思議な動きをして遠くまで飛んでいく。物理学上あり得ない動きに私は呆然《ぼうぜん》としてしまう。最近、理解できないことが多く生じていて、なんだか怖い。

そして雑草の上に落ちたコルクに向かってブドーシュが走って行くと、その先には王太子殿下が立っていた。

「やあ。昨日はあんまり話ができなかったね」

私は慌てて切り株から腰を上げて、淑女の礼を取る。

ちらりと見えた王太子殿下は、さらさらとした美しい黒髪を風になびかせて目を細めてブドーシュを見ていた。殿下は私の方にやってきて更に話しかけてくる。

「ああ、昨日も言ったけど、楽にして欲しい」

楽にして欲しいと言われても、私は平民で相手は王族だ。馬鹿正直に従ってはいけない。私は顔を上げずに、そのまま身動《みじろ》ぎせず次の言葉を待った。

「ここは学園だから、そこまで身分を気にしなくていい。もちろん最低限の礼節は必要だが、君は十分弁《わきま》えている。そんな平民である君が私と会話することは、学園内での生徒間の平等性を示すことにもなるんだ。私はこの学園の生徒会長であり、ある程度の自治を任されている。だからそんなに畏《かしこ》まらず、学園内では同じ生徒として接してほしい」

殿下にそこまで言われたら、平民の私でも顔を上げざるを得ない。

「はい。かしこまりました」

私がそう返すと、殿下は白い歯を見せて笑った。

「じゃあ、早速だけど、そのコルクを咥《くわ》えている神獣について教えて欲しいんだけど」

殿下がブドーシュを見やる。

私はこの件については徹底的に知らないふりをするつもりである。そもそもブドーシュが神獣なんて信じられない。酒が好きな珍妙な妖怪の類だと思う。もっとも妖怪なんていうものは御伽噺《おとぎばなし》でしか語られることはないけれども。

「何のことでございましょうか」

私は答えると、殿下はまたもやブドーシュを触ろうとした。

「……！」

次の瞬間、ブドーシュが殿下の手をがぶりと咬《か》む。今回は間に合わなかった。しかし私は何も見えてない体でいるので、冷や汗をかきつつも反応はできない。

急に殿下の手から血が溢《あふ》れ出て、慌てるのは従者である。

「いきなり血が出るだなんて！　殿下、一体、何があったのですか？」

従者のジェラルド様が驚いて大声を上げる。

「大事はない、ジェラルド。これで分かっただろう。ここに神獣がいるんだ。俺が手を出したら咬まれた」

「私には見えませんが、殿下がそうおっしゃるならばそうなのでしょう」

殿下の従者はブドーシュを認識することはできないが、存在することを信じたようである。殿下の手から急に血が出たのだから信じざるを得ないだろう。

「おまえの神獣に俺が咬まれたんだ。責任はとってくれるよな」

殿下が私に近づき、耳元で囁《ささや》く。しかし私は見えないふりを貫くつもりだ。エリオットとの約束を守るべく王侯貴族とかかわるつもりはない。

「いいえ、私には何も見えません。申し訳ございません」

私は後ずさり殿下と距離を取ると、再び頭を下げた。ブドーシュは私の足元に擦り寄ってきている。口にコルクを咥えて褒めてと言わんばかりに、上目遣いをして二本の尻尾をぶんぶんと振っているが、私は神獣が見えないふりをしなければならないので、ブドーシュを無視している。殿下を咬んだブドーシュを叱りたいし、コルクをとってきたブドーシュを撫でてあげたい。殿下がここから去ったら、叱った後に思いきり褒めてあげよう。

私の心中を知ってか、殿下はその様子を見て言う。

「その神獣、寂しそうだな、おまえに無視されて」

そう思うならば、ここから早く去ればいいのにと心の中で毒づく。

「殿下、お手当てを」

ジェラルド様が咬まれて血が出ている手を手当てしようとするが、殿下はそれを断り、怪我《けが》をした手に青い光をかざす。すると、咬まれた傷がすぐさま消えてしまった。

「魔術……」

図書館で従者のジェラルド様に締め上げられた腕の痛みが消えたのも、殿下の魔術によるものだったのだと思い至り、私は思わず呟《つぶや》いてしまった。私の言葉を聞いた殿下は口の端を上げる。

「ああ、そうだ魔術だ。この国で使えるのは数少ないがな。視《み》えるのか、魔力が。ああ、視えてもおかしくないな。おまえは神獣を従えているほどの者だ。そういえば、おまえ、昨日いた王立図書館でも魔術のことを調べていただろう」

「……」

殿下には、私がブドーシュを飼っていることも、魔術のことを調べているのもすべてお見通しのようだ。

「おまえは頑迷だな。俺が聞いたことに素直に答えればいいのに」

私はそれに答えることなく頭を下げる。

もう放っておいて欲しい、そんな私の心の声が天に届いたのか、このうらぶれたゴミ捨て場の裏に闖入《ちんにゅう》者《しゃ》がやってきた。

「クリストファー様！　ここにいたんですね！」

転入生のエイミー様が息を切らしてこちらに向かって走っている姿が見える。そして殿下の隣までくると、殿下の腕に抱きついた。

「もう、クリストファー様ったら。今日は弟のヘンリー君と私と三人で昼食を摂る予定だったんですよ」

第二王子殿下のことをヘンリー君と呼ぶだなんてかなり不敬だと思うのだが、大丈夫なのだろうか。エイミー様の大胆な行動に私は驚きつつも、そのまま彼らが食堂なりサロンなりに移動してくれたらと願う。

そう願いながら殿下の方をちらりと見やると、エイミー様の身体《からだ》から急に毒々しい赤紫色のモヤモヤが大量に放出していた。しかもそれが王太子殿下の身体にまとわりつこうとしているのを目にして、思わずブドーシュをぎゅっと抱きしめる。あまりにも禍々《まがまが》しくて、今までにない恐怖を感じたのだ。

私が怯《おび》えていると、ブドーシュが私の腕の中から出てエイミー様の元へ駆けていき、彼女から出ている赤紫色のモヤモヤを前足で払う。ブドーシュの前足が一振りすると、その部分のモヤモヤが霧散していく。ブドーシュはそれを繰り返し、エイミー様から出ていたモヤモヤをすべて消し去った後、また私の足元に戻ってきた。殿下にもブドーシュが視えているのと同じように、あの気持ちの悪いモヤモヤが視えているのだろうか。

しかしそれを確認することは、私にもブドーシュやモヤモヤが視えていることを認めることになり、藪蛇《やぶへび》になる。

一刻も早くブドーシュと二人になりたい、静かな昼休みを返して欲しい。切実にそう思っていると、殿下がエイミー様の腕を振り払った。

「君は誰の許可を得て、私の名を呼んでいるのかな」

殿下は笑顔なのに冷たい声でエイミー様に言い放つ。エイミー様は大きな目をさらに大きく見開いて驚いた表情をする。

「意味が分からないわ。クリストファー様の名前はクリストファー様ですよね」

エイミー様が不思議そうな顔をして、首を傾《かし》げながら言う。

「確かに私の名はクリストファーだ。だが、私はこの国の王子だ。学園は平等だと言っても、ここには外国からの留学生もいる。王族を敬わない生徒がいるとなると、この王国の権威にかかわるんだ。分かるね」

「同じ王子様でも、ヘンリー君はそんなこと言いませんでしたよ」

殿下は呆《あき》れた顔をして、従者の方を見る。従者のジェラルド様は殿下の意を汲《く》んだのだろう、エイミー様に注意をした。

「ここは王立学園です。王立という意味はご存じですよね。レナトゥス王国の国王陛下がこの学園の頂におられます。学問を学ぶ上で貴族、平民の垣根はなくすようにしていますが、身分がなくなるわけではありません。ましてや国王陛下のお膝元の王立学園で王族に敬意を払わないのは、決して許される行為ではありません」

エイミー様は顔を真っ赤にして言い返す。

「そんなのおかしいです！　同じ人間なのに！　ヘンリー君はそんなこと言いません。ミュラー先生も、シリル君も、イーサン君も何も言わないわ！」

エイミー様に新しい仲間が増えたようだ。ヘンリー第二王子殿下、担任教師で伯爵家次男のミュラー先生、宰相の息子で同級生のシリル・アーリントン侯爵子息、騎士団団長の息子で第三学年のイーサン・ケッペル伯爵子息。

転入して間もないと言うのに、高位貴族に王族の子息まで四人も虜《とりこ》にするとは、どんな手練手管を使っているのだろうか。

足元にいるブドーシュを気にしつつ、話の行方を見守る。

「クリストファー様が王様になるために色んなことを我慢してるの知っています！　すごく大変なのに、泣き言一つ言わないって、ヘンリー君も言っていました。少し肩の力を抜いて、学生らしく振舞ってもいいと思うんです！　意地を張らないでください！」

エイミー様がなぜ王太子殿下の心の内を知っているのだろうか。いや、すべて憶測だろう。エイミー様はなんだか思い込みが激しい方のようだ。

「話にならない。行くぞ、ジェラルド」

殿下は従者のジェラルド様を連れてその場を去るが、その際に私の方を向いて一言言い放った。

「もう逃がすつもりはないぞ」

そのきらきらしている笑顔に私の背筋が凍る。

ちなみにエイミー様は殿下を追いかけていき、最初から最後まで私を認識することはなかった。

その日の午後、授業を終えた私は学園の図書館に向かった。課題の作成のために持ち出し禁止の書籍の文章を引用するためである。実は図書館で本を借りることはあっても、図書館で勉強したり読書したりすることはない。私のような平民が座る場所は暗黙の了解で決まっており、非常に少ない席しかなく、そこは裕福な家庭の生徒が利用している。だから貧乏特待生の私の席は実質ないのだ。

しかし、今日はそうも言っていられない。図書館内でしか閲覧できない本を利用して課題を仕上げる必要がある。私はブドーシュとともに人混みを避けて行動しているため、遅れをとってしまい、図書館に着いた時には平民の席はほぼ残っていなかった。

「すみません、お隣よろしいでしょうか？」

私は意を決して、相席を申し出るために平民の生徒に声をかけるが、相手は私を一瞥《いちべつ》して無視する。こちらを向いたということは、私の存在を認識しているということだ。私はそれを了承だと決め込んで座った。どうしても課題を仕上げなければならないのだから。

「ありがとうございます」

お礼を言っても相手からの返事はない。私はまるで空気のような存在だ。でもそんな私にいつも寄り添ってくれるブドーシュがいるようになってからは、辛《つら》さは激減した。ブドーシュはただそこにいるだけなのに、私の寂しさや悲しさを癒してくれる。本当に不思議な存在だ。

課題に集中していると、貴族の席の方から大きな声がしてきた。甲高いエイミー様の声だ。今日はエイミー様の声をよく聞く日である。気にしないようにして課題に取り組むも、エイミー様たちがこちらに移動してきた。

「エイミー様。あちらでは皆様に迷惑がかかりますわ。こちらに来てください」

平民の場所はうるさくてもかまわないのだろうかと一瞬思わないでもないが、それが貴族なのだ。

「え、なに？　シャーロット様」

「エイミー様。図書館では大きな声を出さないでくださいまし」

「え、またそんなことで、私に注意してきたの？」

「そんなことではございません。最低限のマナーですわ」

「うーん。シャーロット様がヘンリー君に嫌われる理由が分かる気がするな」

エイミー様が第二王子殿下の名前を出すと、シャーロット様の声の質が変わった。私はずっと机に向かっているので、彼女の表情までは分からない。

「あなた、私の婚約者であるヘンリー殿下のこともそのような風に呼んでらしてるの？　もちろんご存じよね、私が婚約者であることを」

「うん。でも婚約者って言っても政略的なものなんでしょ。貴族って大変だよね。ヘンリー君がかわいそうだと思う。いつもがみがみうるさいシャーロット様と結婚するなんて嫌だって言ってたもん」

次の瞬間、バチーンという音が響き、私もさすがに驚いて顔を上げる。どうやら、シャーロット様がエイミー様の頬を打ったようだ。呆然とするエイミー様だが、しばらくすると泣きながらシャーロット様に抗議をし始めた。

「そんなんだからヘンリー君に嫌われるのよ！　陰険女！」

シャーロット様はわなわなと震えている。再び手を上げようとしたが、ゆっくりとその手を下ろし、目を潤ませて足早に去って行った。

「酷《ひど》いわ。私が何をしたって言うの？」

その場に残されたエイミー様が呟く。

何をしたか……。第二王子殿下と学外でデートしたり、婚約者であるシャーロット様を侮辱したりとかなり大変なことをしでかしているのに、本気で言っているのだろうか。今日の昼間は王太子殿下まで名前で呼んでいたし。

そんな涙をこぼすエイミー様にハンカチを差し出したのは、私を無視して隣に座っていた平民の生徒。彼は顔を赤らめながら渡していた。

「ありがとう。優しいのね」

エイミー様が微笑《ほほえ》むと、その生徒はいやあとかなんとか、もごもご言う。その間、私の存在は一貫して無視されている。私は一連の出来事には何ら関係がないので、課題に再び集中していると、エイミー様と私を無視した平民の生徒は二人して立ち去った。

ようやく静かになったと、図書館から出て行くエイミー様の後姿をちらりと見ると、またあの毒々しい赤紫色のモヤモヤがエイミー様の身体からわずかに出ている。ほんの少しだ。王太子殿下の時のように大量ではない。

「なんだろうね、あれ」

私がブドーシュに小さな声で語りかけると、「なーお」と返事をし、エイミー様の方を見て険しい顔をする。ブドーシュは表情が豊かだ。

私はとにもかくにも課題に取り組み、終わった頃にはすでに閉館間近になっていた。

夕焼けに美しく映える図書館を背に寮に戻った。いつも通り、ただいま戻りましたと声をかけるが、もちろん誰からも返事はない。そして今日も食堂で一人食事を摂《と》る。もう久しく誰かと食事を共にしていない。朝食も寮の先輩方と時間が違うし、学園には友人と呼べるような親しい人はいない、というか誰も私のことに気付かないのだ。

「でもブドーシュがいるもの。一人じゃないわ」

私は隣に座っているブドーシュを撫でる。綺麗《きれい》な銀色の毛並みは私の髪の毛とお揃《そろ》い。まるで本当の家族のように思えてくる。

ブドーシュは「なーお」と鳴くと、私の足にすりすりと顔をくっつける。

「部屋に戻ったら、おまえにも食事をあげるわね」

ブドーシュは普通の動物ではなく、王太子殿下のいうところの神獣なのだろう。なぜ私に視えるのかは分からないけれども。

神獣については、神に仕える聖なる獣としか私は知らない。今の内職が終わったら、神獣について調べるつもりだ。また王立図書館に行こう。きっとあそこならもう少し具体的なことが分かるかもしれない。

私はスープとパンの夕食を終えると、浴室が使用中でないことを確認して、部屋に戻り入浴の準備をした。浴室が使用中であるのをほとんど見たことがない。あの二人の先輩方はいつ体を洗っているのか不思議だ。いや若干臭いがするから、あまり入っていないのだろう。一人で納得しながら体を洗い終わり浴室から出ると、ブドーシュが「なーお」と鳴く。私の濡《ぬ》れた体を舐めて、ブドーシュが首を横に振る。もしかしたら、酒が欲しいのかもしれない。

「ごめんね、私はお酒持ってないし、買う余裕もないの」

ブドーシュは耳を伏せて「なーお」と鳴いて丸まってしまった。

「ブドーシュ、私がちゃんと働けるようになったら、お酒を買ってあげられると思うから、それまで我慢してね」

ブドーシュはしょんぼりした様子だ。そんなにお酒が欲しいのだろうか。黒パンを使って発酵させたらお酒ができるはずなので、今度作ってみよう。

入浴を終えて部屋に戻り、ようやくメガネとカチューシャを外す。この時の解放感が堪《たま》らない。一生このメガネとカチューシャをしなければならないのかと思うと憂鬱で仕方がないが、エリオットとの約束だ。私の存在は母が純潔を失った証拠に他ならない。エリオットは母を女神のごとく崇《あが》めていたし、母はエリオットに傅《かしず》かれるのをごくごく自然に受け入れていた。母は母自身のことを平民だと言っていたが、生活能力がなさ過ぎてとても平民だとは言えない。しかし、私にとっては世間知らずだけれども優しくておっとりとした母だ。

母やエリオットのことを考えながら、ブドーシュに餌を与える。私の体から出てくる金色の謎のモヤモヤだ。

「ふふふ、餌代が要らないっていいわね。沢山お食べ」

ブドーシュは「なーお」と答えると、私の指から出てくるモヤモヤを食べ続ける。やはりまた大きくなっているようだ。一体どの程度まで成長するのだろうか。あまりに大きくなったら、この部屋に入りきれなくなる。どうしたものかと考えていると、ドアをノックする音が聞こえた。

この寮で生活し始めて、初めて私の部屋に誰かが訪れた。

「はい、どなたでしょうか？」

私はそう答えながら、急いでカチューシャとメガネをつけ寝巻の上にカーディガンを羽織ったところで、相手から返事が戻ってくる。

「クリストファーだ」

王太子殿下の声だ。あまりに突然の訪問に私は動揺したが、すぐにドアを開けた。

「夜分遅くにすまない。早急に確認したいことがあってな」

王太子殿下はブドーシュを一瞥する。恐らく神獣ブドーシュについて尋ねにきたのだ。学園だと平民の私と話をすること自体が難しいし、内容も内容だ。私は殿下の訪問の理由を理解したつもりでいた。

殿下は勿論《もちろん》一人ではなく、いつも側《そば》にいる従者のジェラルド様、そして三十代くらいの男性がいた。その男性は黒いローブにフードを被《かぶ》っているが、美しく長い青い髪がちらりと覗《のぞ》いている。

「邪魔するぞ」

殿下はずかずかと私の部屋に入ってきたが、学園での爽やか王子様の殿下とは違って物言いが乱暴で、皆の知っている殿下ではない。そして男性三人が入るには狭すぎる部屋にある唯一の椅子を黙って殿下に差し出すと、殿下は頷《うなず》いて腰を掛けた。

殿下はこの来訪の目的であろうブドーシュではなく、私を見つめる。私は目を逸《そ》らすが、開口一番殿下は言った。

「おまえは何者だ」

なんと抽象的な質問だろうか。

「私はアシュリーと申します。平民で家名はございません。特待生としてこの学園で学ばせていただいております」

私はこう答えるしかなかった。

「ああ、それはすでに調べたから知っている。おまえはなぜ神獣を従えているんだ？　ただの平民ではあり得ない」

私はただの平民だが、母が元貴族だ。しかし、母の名誉のためにもそれは言えない。エリオットとの約束は絶対である。答えに窮していると、殿下が私に命じた。

「アシュリー。そのメガネとカチューシャを外せ。姿かたちを偽るな」

私は息をのんだ。

私の本当の姿を見せるわけにはいかない。私の顔は母そっくりだから母を知る者が私を見たら、母の娘だと思い至るに違いないとエリオットは言っていた。

この場で母を知っている可能性があるのは、殿下に同行している三十代の黒いフードの男性だけだろう。殿下も従者のジェラルド様も若いから母のことは知らないはずだ。

「王族を前に姿かたちを偽るとは、何か謀《はかりごと》をしていると思われても仕方がないぞ」

殿下は意地悪そうに口の端を上げて言い、さらに従者のジェラルド様まで早く殿下の指示に従うように促す。この目の前にいる殿下は学園での品行方正で爽やかな王子様ではない。あなた様こそ一体何者でしょうかと問いただしたいくらいだ。

確かに王族を前に変装をしていては間諜《かんちょう》だと疑いをかけられるのは詮方ないだろう。

私は黒いフードの男性が母を知らないことを祈りつつ、カチューシャとメガネを取った。その瞬間、部屋は静まり返った。

「おまえ……」

殿下は私を見て瞠目《どうもく》する。私の髪の色と目の色は余程珍しいのだろう。もしかしたら王太子殿下といえども初めて見たのかもしれない。

「あなたは、セシリア様のご息女であらせられますね」

黒いフードの男性が私に声をかけた。その声は低く妙に心地いい。しかし、私はセシリアという名の女性は知らない。

「私の母は平民のメアリーでございます」

母の昔の名はセシリアかもしれないが、今は平民のメアリーだ。

「私は神官のダミアン・ジャロンと申します。セシリア・アビングトン公爵令嬢が冤罪《えんざい》で追放されてから十六年経《た》ちます。亡くなられたとばかり……」

神官のダミアン様の言葉がやたらに丁寧になった。それにしても母は公爵令嬢だったのか。アビングトン家は貴族に縁のない私ですら知っている。

「そしてその紫の瞳と銀色の髪の毛は――」

「申し訳ございませんが、私は平民のアシュリーでございます。それ以外の存在ではございません。私には父はおりません」

私は父の情報を耳にしないように、ダミアン様の言葉を遮った。もしお偉い人だったら、母はそ

のお偉い人に凌辱《りょうじょく》され監禁されたことになる。そして母も高位の貴族令嬢。私の存在は厄介なものとなるだろう。

「その公爵令嬢と私が似ていたとしても血縁関係を証明することは不可能でございましょう。世の中には同じ顔の人間が三人はいると聞き及んでおります。偶然似ていたのだと存じます。よくある顔でございます」

よくある顔とはどんな顔だと我ながら呆れつつも、私は無理やりにでも話を切り上げたかった。しかし、殿下もダミアン様も食い下がろうとする。

「いや、おまえは明らかに平民ではないだろう。俺とも血が近いようだしな」

殿下が不穏な発言をする。私の父親というのは王族に近い人間だったのだろうか。

「こんなに魔力に溢れているのに誰も気付かないとは不思議なものですね」

ダミアン様が私に向かってそう言うが、私に魔力なんてものはない。

「私には魔力はございません」

「いや、おまえ、神獣に魔力を与えているだろう？」

「……金色のモヤモヤのことでございますか？」

「ああ、おまえは金色なんだな。それが魔力だよ」

あれが魔力だったとはと驚いた後、先ほどの発言で私がブドーシュを認識していることがばれてしまったことに気付く。もうこれは観念するしかない。

ではあのエイミー様の赤紫色の毒々しいモヤモヤも魔力なのだろうか。観念したついでに、殿下に尋ねると、眉根を寄せた。

「あれは魔力とは言えない代物だ。俺もうっかり飲み込まれるところだった。それをおまえの神獣が助けてくれたのだ」

殿下はブドーシュの前に跪《ひざまず》く。

「ありがとう」

ブドーシュにお礼と言うと、ブドーシュはまた殿下の手に咬みついた。

「ブドーシュ！」

私は急いでブドーシュを殿下から離すが、殿下の手は血に染まっていた。私は真っ青になってひたすら頭を下げる。

「申し訳ございません！」

平民が王族を傷つけたとなると、即処刑である。いや、その場で切り捨てられる。私の人生、暗かった上に短かった。今日の昼、ブドーシュが殿下を咬んだ時はブドーシュのことは見えないふりをしていたが、今回は違う。

今すぐにでも殺されるのだろうと身構えていると、殿下がまったく怒っていないかのように声をかける。

「おまえ、その神獣に名付けたのか？」

殿下は己の魔術で傷を癒すと、そう聞いてきた。

「はい」

「ブドーシュ。変な名だな」

「下町の裏路地で見つけた時に、お酒でびしょびしょに濡れていたからでございます。ネズミほどの大きさでしたので、そのまま連れ帰りましたところ、ブドーシュはアルコールランプの中身を飲み干しました。どうやらお酒が好きなようでございます」

ブドーシュという名前に問題はないと主張するために私はどうでもいいことも伝えた。混乱の極みに陥っているせいだ。

「ふむ。ブドーシュはおまえのものか」

「……はい。私が飼い主でございます」

ブドーシュの不始末は飼い主である私の責任だ。王族を傷つけたにもかかわらず、ここで切り殺されなかっただけでもマシかもしれない。……実に短い人生だった。

「王太子の俺を傷つけたのだから、それ相応の贖《あがな》いをしてもらうぞ」

殿下は不敵な笑みを浮かべる。

私は冷や汗をだらだらと流しながら突っ立っていた。ブドーシュが私にまとわりついて「なーお、なーお」と鳴くがそれどころではない。

「……それにしてもこの部屋は殺風景だな。とても女性の部屋とは思えない」

殿下は部屋を見ながら非常に失礼なことを言うが、事実なので仕方がない。黙ってその言葉を受け流していると、突然殿下が大きな声を出した。

「おい！　なぜこの本がここにある？」

殿下が机の上の古文書を指さす。

「私は内職で筆写しておりまして、その原本でございます」

あの怪しい店主はやはり危ない仕事を回してきていたのか。私の罪が更に増えていく。やはり短かった私の人生……。

私は突っ立ったまま、現実逃避をし始めた。人生の最後に食べたかったなあと、お肉がたっぷり入った温かいシチューと白パンとワインとプディング――を思い浮かべていると、殿下の口から衝撃的な事実が知らされた。

「これは最近盗難にあった書だ。王宮で厳重に管理されていたはずなのだがな」

終わった。私の人生終わった。拷問の上の処刑になるかもしれない。

「どこでその仕事の依頼を受けた？」

私はこれ以上罪を重ねるわけにもいかないので、正直に答える。下町の怪しい店の場所も店主の名前も告げた。

「アシュリー、この本は返してもらうぞ」

そこで私は疑問を持ってしまった。自分の死が目の前に迫っているというのに。

「大変不敬であるとは存じますが、その本が王宮にあったという証拠はございますか？　もし出所が違うのでしたら、私が店主に弁償する責を負うことになります」

「ふん。まあその通りだな。この本が王宮所蔵のものであることを示してやろう」

殿下は鼻を鳴らすと、本に魔力を流した。殿下の魔力は私の魔力とは違い青色の光である。すると本から王家の紋章が浮き上がってきた。

「これが証明だ。信じたか？」

正直なところ、それが証明になるかどうかは分からないが、恐らく王家のものなのだろう。よく考えたら、これから処刑されるであろう私に弁済することはできない。まったく余計なことを聞いてしまった。

「……疑いましたこと、心よりお詫《わ》び申しあげます。どうぞお許しくださいませ」

「構わん。むしろおまえの手元にあってよかった。捜索していたが、どうにもこうにも見つからなかったからな」

殿下はぱらぱらと古文書をめくる。

「そういえば、王立図書館で魔術のことを調べていたな。この書き写しのためか？」

「いえ。筆写はそのままますればよいので、調べる必要はございません。ただ、母の従者のエリオットに教わったまじないの言葉が載っていたので、気になっただけでございます」

「まじない？」

「はい。就寝前に必ず唱えるように言われていました。今も続けております」

「それはどのまじないだ？」

殿下が古文書を私に渡してきたので、私が故郷を離れてから続けているまじないが記載されているページを開いてみせた。

「これでございます。隠者になりたき者の魔術。このまじないの言葉の意味を知りたくて調べておりました」

すると、神官のダミアンが目を見開いた。

「ああ。それであなた様はこんなにも影が薄いのですね」

影が薄い？　どういうことだろうか。

「これは存在を認識されないようにするまじないですよ」

「え？」

「その従者のエリオットとかいう男は何者ですか。そのメガネもカチューシャも簡単に手に入るものではありません」

ダミアン様はエリオットに対して何かを疑っている様子だ。

「エリオットは母の従者だったとしか知りません。母が監禁されていたところを助け出し、その後の母の生活の面倒をみている者です」

ダミアン様は顎に手を当てて考え込んでいた。

「殿下、アシュリー様にはほかにも魔術が施されています」

「どういうことだ、ダミアン」

「練達の魔術師がアシュリー様に魔術を施しているようです。このメガネもカチューシャも恐らくその魔術師が作製したものでしょう。非常に高度な技術が用いられています。その魔術師を見つけ出して魔術を解かせればいいのですが、恐らくその者を見つけだすのは至難の業ですね。これだけの術を使えるのですから」

「ほかに手立てはないのか？」

「神殿にいる我々神官たちの力があればどうにかできるかもしれません」

私に魔術がかけられているとは驚きである。二人はその後も話をしていたが、従者のジェラルド様が王宮に帰る時間だと促した。

「アシュリー。週末に迎えを寄こす。おまえには諸々《もろもろ》の責任をとってもらう。窃盗だけではない。おまえの神獣が俺を傷つけたのも忘れていないぞ」

こんな恐ろしいことを楽しげに言う殿下に、ダミアン様が呆れた顔をする。

「殿下。神獣様が咬みついたのを罪に問うことはできませんよ。アシュリー様、気になさりませんように。さあ、殿下帰りましょう」

ダミアン様の言うことは本当だろうか。疑心暗鬼になっている私には俄《にわ》かに信じることはできない。

殿下たちが帰った後、私はどっと疲れてベッドに身を投げた。すぐに殺されることはなかっただけでも運が良かったのだろうか。王族を咬んだブドーシュは私の隣で横になっている。確かにブドーシュが咬んだせいで私は窮地に立たされたが、不思議とブドーシュに怒りは感じない。ブドーシュのせいではないという思いの方が強い。

ブドーシュの体が大きくなったためベッドが狭くてかなわないのだが、ブドーシュのもふもふした体に顔を埋《うず》めて、ため息を吐く。

「ブドーシュ。どうしておまえは王太子殿下を咬んじゃうの？」

ペットの躾《しつけ》は飼い主の義務だが、あいにくと私はペットを飼ったことがない。というか神獣に躾をすることは可能だろうか。

疲れた頭では何も解決しそうになく、私はそのまま眠りに落ちた。

翌日、私の心を映したような鈍色《にびいろ》の空を窓から眺めながらメガネとカチューシャをつける。いつもよりメガネが重く感じる。学園に向かう準備を整えて一階に下りていく際もブドーシュは隣を歩いているが、体は大型犬より大きくなってしまった。これ以上大きくなるとベッドで一緒に寝るのは無理かもしれない。

そしてブドーシュと一緒に寮を出ようとしたところで、寮生のもじゃもじゃ頭の寡黙な先輩、モジャ先輩に会った。

「アシュリー、おはよう」

「……！　お、おはようございます」

私は驚いて言葉が詰まってしまった。なにせ初めてモジャ先輩から挨拶をされたのだ。いつもは私の方から一方的に挨拶をするが、無視されるのが常だった。

「ブドーシュ。私、挨拶されたわ」

小声でブドーシュに話しかけると、「なーお」と答えが返ってきた。

「ふふ、珍しいこともあるものね」

誰とも挨拶をしない生活をしていたので、なんだかとても嬉《うれ》しかった。

「無視されないっていいわね」

鈍色の空も悪くないように思えてくるから不思議だ。

不思議なことと言えば、その日の授業中にも起こった。

「アシュリー君。次の問題の解答を板書しなさい」

「……！　はい」

学園に入ってから初めて授業で当てられたのだ。私は黒板に答えを書くと、席に戻った。

「ああ、いい解き方だ。美しい式だね」

しかも中年の数学の先生は私を褒めてくれた。褒められることなんて、故郷にいた頃からあまりなかったから本当に嬉しい。

存在を認められるというのは気持ちのいいものだ。幸福な気持ちのまま、昼食を摂るためにいつもの休息の場所であるゴミ捨て場の裏に向かう。雨は降りそうで降らない。曇り空だが、気分は上々だ。

「ブドーシュ、今日はなんだか変ね」

私は硬くて酸っぱい黒パンを食べながら、ブドーシュに話しかけた。ブドーシュと出会ってから色んなことが変化していっている気がする。クリストファー王太子殿下とかかわりをもってしまったことは大失敗だけれども。

それにしても今週末、私はどこに連れていかれるのだろうか。もしかしたら拷問されるのかもしれない。

殿下の意地悪な笑みを思い出して震えていると、ふいに名前を呼ばれ、顔を上げる。

「アシュリー、こんな空模様でも外で昼食を摂るんだな」

声の主は王太子殿下その人だった。黒パンを急いで飲み込みながら、私は立ってお辞儀をする。

「挨拶はいい。それより今日はいつもよりはっきりと姿が見えるな」

「さようでございますか？」

殿下の言うことは正しいかもしれない。存在を認識されにくい私が挨拶をされたり、授業で当てられたりしたのだから。

「ああ、おまえ、あの魔術をかけてないんだな」

なんのことか分からず首を傾げると、殿下はエリオットが教えてくれたまじないのことだと言う。

ああ、そうだ。昨日は疲れてしまって、まじないを唱えずにそのまま寝てしまったのだ。

「はい。昨日はまじないを忘れてしまいました」

「別におまえは隠者になるわけではないのだから、やらなくても構わんだろう」

「隠者になるわけではございませんが、目立ってはならないと教えられておりますので」

「なんで目立ってはいけないんだ。そのエリオットとかいう男の言葉を一生守って生きていくつもりか？　そのメガネを一生かけるつもりか？」

「母の名誉のためでございます」

これ以上は話すことはできない。

「ふむ。そのエリオットという男は何のためにそんなことを。セシリア・アビングトン公爵令嬢の名誉ならば十五年も前に回復しているぞ。まあ、当時すでに亡くなっていたとされていたが、それでも冤罪は晴れた」

「母は平民のメアリーでございます」

「かなり強力な魔術とはこのことか……」

殿下が何を言っているのか分からないが、とにかく私は目立たず母の名誉を傷つけないようにすべきなのだ。母が汚されたという事実は隠し通さねばならない。『罪深い子供』である私を愛してくれた母の名誉を守るのはエリオットとの約束だ。

それにしても母の冤罪は晴れていたとはどういうことだろう。そもそも私はその冤罪の内容を知らない。母もエリオットも何も教えてくれなかったし、母の本当の名前を知らない私には調べようもなかった。

「セシリア・アビングトン公爵令嬢の冤罪とはどのようなものでございましょうか？」

「興味があるようだな。そのことについては週末に話す。長くなりそうだからな」

殿下がニヤリと笑った。

まじないをし忘れた日はあまりにも皆の態度が違うため初めは嬉しくてならなかったけれど、目立つことはエリオットとの約束と反する。それは母の名誉を傷つけることになるのだ。

その日の晩からは私はまじないを忘れずに唱えるようにした。やはり人から認識されずに無視されるのは辛い。以前と同じ状況なのに、自覚してしまうとすごく寂しくなり、ブドーシュの太い首に抱きつく。ブドーシュはとうとう大型犬より大きくなってしまった。

「ブドーシュ、これ以上大きくなったら寮に入れなくなっちゃうわね」

ため息をついて学園に向かう。私は目立たないように気付かれないように生きている。今日も誰にも挨拶されることなく、午前中の授業が終わった。

いつものように休息の場に向かう途中の校舎前の噴水を横切ったところで異様な人だかりが目に入り、なんとなく気になって一旦立ち止まった後、人だかりに分け入った。こういう時は人に認識されないことが役に立つ。

その人だかりにぽっかりと開いた中心部には、ここのところ連日見かけるエイミー様がいた。またエイミー様かと思わずにはいられない。エイミー様の隣にはヘンリー第二王子殿下がおり、彼女の腰を抱いている。そして彼らの後ろには、エイミー様を慕う男子生徒たちがいた。その中には私と同じクラスのシリル・アーリントン様もいる。私の頭を石頭と言った人だ。

複数の生徒を従えているヘンリー殿下とは対照的に一人で立っているシャーロット様に、ヘンリー殿下はとんでもないことを言い放った。

「シャーロット、おまえとの婚約は破棄する！」

それだけではなく、ヘンリー殿下は大声でシャーロット様のエイミー様への非道な仕打ちを述べていく。非道と言ったのはヘンリー殿下自身であり、主観的意見だ。その内容は、まだ貴族社会に不慣れなエイミー様を馬鹿にしたり、平等を訴えるエイミー様の頬を打ったり、しまいにはゴロツキに襲わせようとしたりしたといったものだった。どうにもこうにも三文芝居のように見えるが、ヘンリー殿下は真剣な様子である。

「私はそんなことしていません。そもそも証拠はありまして？」

シャーロット様は通る声で静かに言った。

「証拠か……。おまえは自分の手を汚すようなことはしないだろうからな。証拠がなければ己の罪を認めないつもりか。本当に性根の腐ったやつだ」

第二王子殿下が心底呆れたように言ったのを皮切りに、宰相の子息と騎士団団長の子息が次々にシャーロット様を責めはじめた。

「ヘレフォード嬢、侯爵家の力があればエイミーを傷つけることくらい簡単だったでしょう。こんな人がヘンリー殿下の婚約者とは嘆かわしい」

「エイミーの人気に嫉妬したんだな。本当に憐《あわ》れなやつだ」

シャーロット様は反論しようと声を上げるが、エイミー様が遮る。

「シャーロット様、証拠、証拠って酷い。あ、そうだ！　私が頬を打たれた時、見ていた人がいるもん。図書館だったし……」

シャーロット様がエイミー様の頬を打った時に居合わせたのは、私を含む平民の生徒たちである。

その時、やじ馬の中から一人の男子生徒が前へ出てきた。

「ぼ、ぼく、見ました。シャーロット様がエイミー様を詰《なじ》って、頬を打ちました！」

図書館で私と席を一緒にした男子生徒が声を震わせて言う。この瞬間、証拠がないのに何を言っているのだというシャーロット様の主張は覆された。

しかし、私も一部始終を見ていたのだ。確かにシャーロット様はエイミー様を打ったが、打たれるだけの理由があった。これではシャーロット様があまりに憐れである。私は目立たないように生きていかねばならないが、覚悟を決めて声を上げようとした。

「あの――」

そう声を上げたはいいが、突然のクリストファー王太子殿下の登場で、私の発言は消し去られてしまった。

「この騒ぎはなにかな？」

美しい黒髪と天色の目をした背の高いクリストファー王太子殿下が眉根を寄せている。王太子殿下はこの騒ぎに静かに怒っている様子で、長い脚のせいか大きな歩幅でヘンリー第二王子殿下の方へ歩いていく。後ろには従者のジェラルド様がいた。

「ヘンリー、この状況を説明しなさい」

「兄上！　先ほど、シャーロットとの婚約を破棄したところです。エイミーに非道な行為をしたシャーロットは私にはふさわしくありません」

得意げに語る第二王子殿下とは反対にますます冷たい表情になる王太子殿下。興奮している第二王子殿下の代わりに宰相の息子で同じクラスのシリル・アーリントン様が先ほどまでのあらましを説明した。

「そんなことが婚約破棄の理由になると思っているのか？」

「兄上。当たり前ではありませんか。こんな性悪な女を王家に入れることはできません。兄上もお分かりになるでしょう？」

「おまえは王家から出て侯爵家に婿入りをするのだろう。なにを血迷ったことを言っているのだ？これからおまえの婿入り先を見つけるのは簡単ではない。この婚約は王家がヘレフォード侯爵家に頼んだことを忘れたのか」

王太子殿下と第二王子殿下の母親は異なる。早くに亡くなった先代王妃は隣国の王女だったが、現王妃は伯爵家の令嬢だったお方である。現王妃の実家は政治的な力がなく、第二王子殿下の後ろ盾としてシャーロット様との婚姻があったのだ。

この話も、私の存在に気付かない貴族令嬢たちが話していたことが耳に入ってきただけで、真偽は不明である。

「でもシャーロット様は何もしていない私を打ったんですよ！　暴力を振るう女性が貴族の作法を私に注意していたなんて、あまりにもおかしくないですか？」

今度こそ私はエイミー様が図書館で打たれた状況を説明しようと前に出た。おやっといった顔をする王太子殿下、そして対照的に私の存在に気付かない周囲の生徒たち。

「第一学年のアシュリーと申します。恐れながら申し上げます。私もその場におりました」

声を発して、ようやく私はエイミー様に認識された。

「ええっと誰だっけ？　あなた、いたっけ？」

エイミー様がちょこんと首を傾げて私に尋ねる。

「はい。おりました。図書館の入退室の記録をご覧いただければ証明できるかと思います。どうぞご確認ください」

王太子殿下は興味深げに私を見て、何があったのか話しなさいと命じた。

「エイミー様はシャーロット様を酷く侮辱なさっておりました。とても公言できる内容ではございません。品位のない暴言を受け、シャーロット様は手をあげたのでございます」

具体的な内容をやじ馬に教える必要はないと判断した私が証言できることはこのくらいである。

「もし具体的な内容が必要でございましたら、このような場ではなく改めてご報告いたします」

シャーロット様はほっとしたような顔をしていた。一方のエイミー様は納得できないでいる。

「あなた、本当に図書館にいたの？　シャーロット様に言われて庇《かば》っているだけじゃないの？」

「私は平民でございます。侯爵家の御令嬢であらせられるシャーロット様とは面識はございません」

私は事実を訴えた後、口を閉ざした。

「君は他のことも知っていそうですね」

王太子殿下がそう尋ねるので、存在が認識されにくい私だからこそ見ていた場面を思い出しながら、黙って頷いた。廊下を走ったり、馴《な》れ馴《な》れしく男子生徒に触れたりするエイミー様をシャーロット様が注意して、それに対してエイミー様が反発していたことを私は知っている。

シャーロット様がエイミー様に注意している時は大抵一人なので目撃者がほぼおらず、言った言わなかったという証明が難しいのだ。

「真偽はともかくとして、ヘンリー、ならびにシリル、イーサン。か弱い女性一人を責め立てるとは何事か。騒ぎを起こした責任はきちんととってもらう。それからそこの女生徒」

王太子殿下がエイミー様を見る。

「エイミーです」

エイミー様は笑顔で答えるが、殿下はその態度に呆れた顔をする。

「君も行動を慎み、反省しなさい」

「な、なんでそんなこと言うんですか？」

頬を膨らませるエイミー様を無視して、王太子殿下はやじ馬たちに向かって解散するように命じると、集まっていた生徒たちは三々五々に散らばっていった。

エイミー様は赤紫色のモヤモヤを体中から出して王太子殿下に縋《すが》ろうとしたが、またもやブドーシュがそのモヤモヤを払う。彼女は王太子殿下に相手にされなかったせいか、ふくれっ面で第二王子殿下に腰を抱かれて連れて行かれた。

生徒たちが去った後で、王太子殿下がシャーロット様に声をかける。

「愚弟がすまない。この騒ぎには何か事情があるようだから、今後はあの女生徒には不用意に近づかないように」

「ありがとうございます。クリストファー殿下」

シャーロット様は涙ぐんでいた。たった一人で対峙《たいじ》していたのだから、さぞ怖かったことだろう。

そして私は空気のように認識されないので、そのままこの場を去ろうとしたが、王太子殿下に腕を摑《つか》まれた。

「衆人環視の中で、発言した勇気は素晴らしい」

爽やか王子様の笑顔で言う殿下に、私は顔が引きつりそうになる。

「私は真実を言ったまででございます。ただ具体的なことは差し控えさせていただきましたが」

「後日、詳しい話を聞かせてもらおう」

やはり今週末、つまり明日にはどこかに連行されるのだ。何を聞かれるのだろうか。

遠い目をしていたら、シャーロット様が私に話しかけてきた。

「ありがとう、助かったわ。でもあなた図書館に本当にいたかしら？」

「……はい、おりました。あの時エイミー様の言った暴言も覚えております」

「そう。とにかく今度お礼をするわね」

「滅相もございません」

「まあ、そんなこと言わないでちょうだいな」

「いえ、お言葉だけで十分でございます」

貴族とはかかわってはいけないのだ。無用にかかわるわけにはいかない。どうにか丁重に断り、その場を後にした。

昼間の騒ぎは瞬く間に学園の間に広がったようだ。すぐに王宮に報告が入り、ヘンリー第二王子殿下ならびに騒ぎに加担した生徒たちは謹慎処分となった。エイミー様もである。その対応の早さはクリストファー王太子殿下によるものだろうと、生徒たちは噂《うわさ》していた。翌日から三連休なので、きっと休みの間に噂はより広まるだろう。

シャーロット様はどうなさるつもりなのだろうかと心配になるも、平民の私には関係ないことだと頭《かぶり》を振った。

翌日、雲一つない晴れた青空が広がっていた。夏も近い。

今日は殿下に尋問される日である。いつものように制服を着て、メガネとカチューシャをし、三つ編みを編む。

迎えが来るまで私は教科書を読もうとしたが、不安で集中できない。殿下の元に連れていかれるのだから警吏ではなく、騎士が私を連行するのだろうか。そんなことを考えていると、血の気が引いてくる。

先日まで休日は内職に時間を割いていたのだが、それが犯罪行為であったとは。ちなみに内職を斡旋《あっせん》していた店主は現在取り調べをされているらしい。未払いの賃金はどうなるのだろうか。いや、私も犯罪に加担していたことは違いないので、それどころではない。処刑が待っているかもしれないのだ。黒いフードを被ったダミアン様は問題ないと言っていたが、ブドーシュが王太子殿下を咬んだのは致命的だと思う。そもそも私はブドーシュが見えていないと殿下を欺いていたから、罪はさらに重くなるだろう。

エリオットが言っていた言葉は正しかった。王侯貴族にかかわったばかりにこんな目に遭ったのだ。

頭を抱えていると部屋のドアをノックする音が響く。ああ、終末は近いと絶望混じりに返事をすると、思いがけない声が返ってきた。

「迎えに来たぞ」

まさかの王太子殿下その人が私を迎えに来たのである。

【第四章】


「まさか殿下がいらっしゃるとは思いもしませんでした」

殿下はいたずらが成功した時の子供のような笑顔を見せた。制服以外の姿を初めて見るが、仕立ての良い白いシャツに黒のトラウザーズという恰好《かっこう》をしている。シンプルだが品がよくお洒落《しゃれ》に見えるのはさすが王子様といったところか。

「その驚いた顔が見たかったんだ」

殿下は無邪気な顔をして笑う。

「俺がわざわざ迎えに来てやった甲斐《かい》があるってもんだ」

私はその物言いに呆《あき》れつつも、部屋を出て殿下の後を付いて行った。ブドーシュはいつものように私の隣を歩いている。殿下が言うには、寮の前に馬車があると目立つため歩いて五分ほどのところに停車しているらしい。

その短い道のりの間、殿下は私を脅すようなことばかり言う。殿下は私の前を歩いているので、どのような表情をしているのか分からないが、きっと意地悪な顔をしているのだろう。

「おまえも窃盗犯の一味ということで取り調べされる可能性が高いぞ。いやそれだけではすまないだろうな」

私が青ざめているとブドーシュが殿下に飛びかかろうとしたので、両腕でブドーシュを制した。

なぜかブドーシュは殿下が好きではないらしい。

「しかし、おまえが俺と近い立場であるならば話は別だ」

殿下は後ろを振り向いて、ブドーシュにしがみ付いている私を見て苦笑いし、ブドーシュはグルルルルと喉を鳴らし殿下を睨《にら》む。

「ブドーシュがこんなにひどく唸《うな》っているの、初めて聞いたわ」

思わず声が漏れた。ブドーシュはいつも可愛《かわい》く「なーお」としか鳴かないのだ。

「それが本性だろう」

殿下はブドーシュを睥睨《へいげい》するが、ブドーシュも殿下を睨《ね》め付ける。この一人と一匹は相性が悪い。

しかし、ブドーシュはエイミー様から出てくるあの赤紫色のモヤモヤを殿下のために払うのだから、本当に嫌っているわけではないのかとも思える。

馬車の前に着くと、殿下が手を差し出してエスコートをしてくれた。

「ほら、馬車に乗るぞ」

「……同じ馬車なのですか?」

「何か不満でもあるのか」

「滅相もございません。むしろ畏れ多くて」

私は勝手に馬車は二台あり、殿下とは別々に移動するものだと考えていたのだ。

「私のような平民が殿下と同乗してもよろしいのでしょうか」

私は殿下にではなく従者のジェラルド様に聞くと、彼は殿下のご意向なので従うようにと答えた。

私は腹をくくり、殿下に手を引かれ馬車に乗った。もちろんブドーシュも一緒だ。馬車は高級な布張りの座席にクッションが置かれてあり、乗り合い馬車しか乗ったことのない私にはあまりに煌《きら》びやかな空間だった。

「今日はお忍びってやつだから、目立たない質素な馬車だ。誰も俺が乗っているとは思わん。だから気にするな」

この馬車が質素とは、一体普段はどのような馬車に乗っているのだろうか。あいにくと私は校舎の裏の奥まったところに位置する寮に住んでいるため、学園外から馬車で通学する生徒たちと会うことはない。一度だけ学園外で馬車の中の殿下と目が合ったことがあったが、あれはきっと殿下には人には視《み》えないものが視えて、それに対して笑顔を返したのだ。その近くに私が偶々《たまたま》いたのだ。きっとそれだけだ。

あまり揺れを感じさせない快適な馬車に感動しつつ、私は殿下の話を黙って聞いていた。ちなみに殿下は一人で座り、その正面に私と従者のジェラルド様が並んで座っている。ブドーシュは私の足元にいるのでぎゅうぎゅう詰めだ。

「神獣、ブドーシュといったか、随分と大きくなったな。最初に会った時は猫くらいの大きさだったろう？」

「はい。ブドーシュは私の金色のモヤモヤを食べるごとに大きくなっていくのです」

「俺はこの神獣には詳しくないから、この間会った神官のダミアンに聞くといい」

ダミアン様は神獣や魔術に造詣が深いとのこと。しかし、神官とは一体なんだろうか。この王国の国民の多くが信仰しているのは、一神教のサローナ教で大司教や枢機卿《すうききょう》、司祭、一般的な教会では神父と呼ばれている聖職者はいるが、神官はいないのだ。

「どうした、何か疑問でもあるのか？　俺が答えられることならば答えてやる」

「……神官様というのはどの神に仕えてらっしゃるのでしょうか」

「ああ、そのことか。大半の国民が知らないのだから、おまえが知らないのも無理もないな」

どうやら私のような平民が知る由もないようだ。

「王族と関わり合いのある貴族連中は知っているから、説明するのを忘れていた。王家はサローナ教ではなく、リュンクース教を信仰している。リュンクース教は多神教で、王宮の敷地内に神殿がある」

リュンクース教とは初めて聞く宗教である。殿下は説明を続けた。

「神官は魔力が視える者が務めているが、その素質のある者が修行を重ねて極める。だからダミアンは、おまえの魔力や魔術道具のことを見破れる。ただし、視えるだけで、魔術に長《た》けているわけではない」

驚きの事実である。私はてっきり王家もサローナ教を信仰しているのかと思った。確かに王家がサローナ教を信仰しているならば、サローナ教は国教となっていてもおかしくはない。しかし、実際は違う。

「そしてごくまれに神託が下りることがある」

殿下は私を見て理解しているかどうか確認をしたが、私はとりあえず頷《うなず》く。正直なところ、神託と言われてもぴんとこない。

「十八年前に、当時十五歳の聖女の存在を示唆する神託が下りた」

聖女とはサローナ教でいうところの聖母かなにかにあたるのだろうか。サローナ教の聖母は開祖であり預言者のサローナの母である。

「聖女とはどのようなお方なのでしょうか？」

「聖女は聖なる乙女であり、その聖なる乙女がいると安寧の世が訪れると言われている。実際のところは分からん。王自らがリュンクース教の祭祀《さいし》をつかさどり、神託を受け取るんだ。そして神託に従って王が命を下す」

つまり目の前に座っている殿下もそのうち神託を聞くことがあるということか。

「今は父が祭祀を行っているが、いずれ王になる俺もその役割を果たさねばならない。ダミアンは俺にリュンクース教の祭祀を教える師だ」

意外な事実を知ったが、関係があるとしても神獣のブドーシュだけだろう。なにせ神獣らしいのだから。しかし、神獣とはなんだろうかと今更ながら不思議になってきた。ブドーシュが神獣だない可愛いくてもふもふした生き物でしかない。私にとっては、ちょっとお馬鹿でお酒が好きな、餌も不要で排泄《はいせつ》もしない可愛いくてもふもふした生き物でしかない。

殿下の話を聞いているうちに馬車は王都の中心部にある王宮内に入った。広大な敷地を誇る王宮は町一つが入るくらいの大きさをしており、綺麗《きれい》に舗装された道をゆっくりと馬車が行き交っている。

少し遠くに見える宮殿を通り過ぎ、木が生い茂る森を前にして停車する。ちなみに王宮内に入ってからすでに二十分ほど経過していた。

「この森の中心部に神殿がある。この森は禁足地となっているから神殿関係者以外立ち入ることはできない」

殿下が私の手を引いて馬車から降ろしながら、説明をしてくれる。

「私が入ってもよろしいのでしょうか？　ブドーシュだけを連れて行った方がよろしいのではございませんか？」

「その神獣はおまえの側《そば》から離れんだろう」

「それはそうでございますが……。それではブドーシュの付き添いということで私はこの森に入るのですね」

「まあ、詳しいことは後で説明する。とりあえず神殿に向かうぞ」

私は殿下の後ろをついて行く。殿下の従者はジェラルド様だけである。なぜか殿下は従者を一人しかつけていない。ヘンリー第二王子殿下は数名つけているというのに。

このジェラルド様だが、ロチェスター子爵家の嫡男で二十三歳だそう。殿下と同じくらい背が高く、筋肉質な体つきをしていて、見た目に違わず剣技に長けていると学園で噂《うわさ》されているのをつい先日、耳にした。少し強面《こわもて》だが整った顔をしているので女子生徒に人気の方らしい。私は以前、王立図書館で腕を掴《つか》まれて痛い思いをしたが、その後ちゃんと謝罪をしてくれたので、特に思うところはない。むしろ職務に忠実なのだろうと感心したくらいだ。しかし、ジェラルド様は言葉にはしないものの、女性に手をあげたことを気にしているらしく、あれ以来、私に丁寧に接してくれている。

「どうだ、この森は」

殿下が振り向き、私に尋ねてきた。なんとも漠然とした質問であるが、この森に足を入れて感じたことをそのまま伝えることにする。

「この森は非常に清廉な空気に満ちている気がします。すべてが澄み切っていて体が軽くなった感覚を覚えます」

そう、実際にこの森に入ってから羽が生えたように体が軽いのだ。体だけでなく心も軽くなった気がする。

「ほう」

殿下は興味深げに私を見た後に、ジェラルド様を顎で指す。学園での礼儀正しい殿下ではありえない仕草であると思いつつ、ジェラルド様を見る。

「ジェラルドは体がいつもより重く、辛《つら》くなるそうだ。この森に入るとな」

言われてみれば、ジェラルド様の顔色は若干悪いように思える。

「おまえのような感覚を覚える者は、この森に歓迎されているらしい。俺は森に入ろうが入るまいが変わらん。受け入れられない者はそもそも森に入れない。無理に入ろうとすると気を失い、下手すると死ぬ。だからジェラルドは、森に受け入れられていないわけではないが、歓迎もされてないといったところだろう。それでもこうやって森の中に入れるだけでも貴重な人材なんだ。ほかの従者は入ることすらままならないからな」

「なんだか、非常に摩訶不思議《まかふしぎ》なお話でございますね」

「信じてないのか？」

殿下が眉を上げて私を見つめるが、人によって対応を変える森なんて俄《にわ》かには信じがたい。まるで森が意思をもっているかのようだ。

「おまえはこういったことと関係なく生きてきたようだからな。それに妙な魔術もかけられているようだし」

「先日もおっしゃっておられましたが、私に魔術がかけられているとはどういうことでしょう？まったく身に覚えがございません」

「まあ、ろくでもない魔術には違いないな。……おまえはなぜ人目を避けて生きようとする？　友人も作らず、一人でいる？」

私はその質問に対して苦笑してしまう。田舎暮らしの時は少しは友人がいたが、学園に入学してからは影が薄すぎて人から認識されがたいために友人を作ることもできない。もし存在が認識されたとしても、裕福ではない平民なので友人を作ることは難しいだろう。同じ学年に、私以外にも平民の特待生がいれば別だったかも知れないが。

「友人を作らないのではなく、作れないのでございます」

「ああ、そうだったな。でも俺とはこうやって親しくなっているではないか」

「恐れ多いことでございます」

「おまえは恐れ多いと言いながら、会話しているじゃないか」

「それは……。殿下に話しかけられて無視できるはずがないではございませんか。そもそも殿下は神獣のブドーシュが気になるので私に声をおかけになられたのでしょう？　私ごときが殿下と親しいなんてとんでもないことでございます。それに私は王族や貴族の方々と親しくすることは禁じられておりますので」

森に入ってからというもの、いつもならば決して言わないようなことが口をついて出てくる。王侯貴族と親しくしてはならないなんて、平民の私が言っていいことではない。親しくするもしないもその決定権は王侯貴族にあり平民の私にはないのだから、この言い方は不敬にあたる。

しかし、躊躇《ためら》いもなく心の内をそのまま言葉にしてしまうのだ。もしかしてこの森のせいだろうか。

「おまえが頑《かたく》なに一人でいるのはなんでだ?」

「母の名誉のためでございます」

「真実、母の名誉のためだと思っているのか?」

「もちろんでございます」

私の存在は母が汚された証明となる。エリオットは繰り返し、母の名誉のために私の存在が知られてはならないと言っていた。私は母を苦しめている存在であるとも言っていた。それでも死ねとは言わない。生きていいのだ。

「おまえはそれでいいのか?」

「はい。それに今は一人ではございません。ブドーシュもおります」

ブドーシュは私の言葉に呼応するように「なーお」と鳴いた。

殿下と話をしながら、さらに森の奥に進み行くと、目の前に白亜の神殿の姿が現れる。

「まあ、なんて美しいのかしら」

思わず呟《つぶや》いてしまうと、殿下がまんざらでもなさそうな顔をした。

「この神殿の素晴らしさは大っぴらにできないが、本当に素晴らしい造りをしている。もう千年以上経《た》つと言うのに、この状態を保ったままなんだ」

「千年!」

神殿の柱一つ見ても傷すらついていない。千年経っても新しいままとは一体どういうことだろうか。

「ここがリュンクース教の本殿だ。といってもここしか神殿はないがな」

出迎えに来た神官ダミアン様が神殿の扉を開き、殿下が神殿内部に入る。私も殿下の後をついて行こうとしたら、ダミアン様がそれを制した。

「偽りの姿で神殿に入ることはなりません」

「偽りの姿……メガネとカチューシャを外さねばならないのですか？」

「はい。お外しください」

エリオットの約束は絶対だ。私は母にそっくりだから、素顔を人に見せてはいけないのだ。私が拒もうとすると、殿下が面倒くさそうに脅迫してきた。

「おまえ、犯罪に加担したんだろう？　あの本は王宮所蔵のものだから、おまえなんて一発で処刑されるぞ。まあ神殿内に入るのならば情状酌量の余地もあるかもしれないがな。どうする？　処刑されるか、メガネを取るか」

私は生きたい。生きて美味《おい》しい肉入りのシチューと白パンとワインとプディングが食べたい。ブドーシュと一緒に遊びたい。

私はエリオットの約束を反故《ほご》にして、メガネとカチューシャを取った。

視線を落として殿下の前に立つと、顔を上げろと命令され、渋々殿下の方を向く。

「ああ、やはりおまえの紫色の目は美しいな」

いつも意地悪な殿下がすごく優しい表情をして私の目の色を褒める。殿下の繕っていない笑顔はとても綺麗《きれい》だった。

「いつもそのようにお笑いになればいいのに」

私はボソッと呟いてしまう。この禁足地の森に入ってからというもの余計なことばかり口にしてしまう。

「ふん。権謀術数の世界を生き抜き王になる者が、簡単に素顔を晒《さら》せるか」

殿下は少し頬を染め鼻を鳴らす。何の権力も持たない平民の私に対しては、野良猫に笑いかけるのと同じように気が抜けるのだろう。野良猫に取り繕っても仕方ない。王太子殿下とはなかなか大変な立場にあるようだ。

「さあ、神殿に入るぞ」

殿下の後に続いて神殿に入ると、そこは大広間だった。中心部に青い石を敷き詰めた円形の場所がある。

「あそこが祈りの場所だ。今は俺の父、つまりは現国王が祈りを捧《ささ》げている。といっても年に数回だけだがな」

大広間の端を通り過ぎて奥の扉を開ける。

「ここが神官たちの生活の場であり、修行の場でもある」

扉の向こうには長い廊下を挟んでいくつかの部屋が並んでいた。ダミアン様がそのうちの一つの部屋に殿下を迎える。私とブドーシュ、そして従者のジェラルド様もそれに続いて入った。

「クリストファー殿下、お待ちしておりました」

その部屋には神官と思《おぼ》しき方々が四名いた。そのうちの一番年嵩《としかさ》の男性が殿下に声をかけお辞儀をする。後ろにいる神官たちも同様に頭を下げる。

「サディアス、元気そうだな。俺がここに来るのは二か月ぶりになるか？　最近何かと忙しくてな。今日は頼みがあってやってきた」

そう言うと殿下が私の手を引っ張って神官たちの前に立たせた。

「彼女が神獣を従えるアシュリー。家名のない平民だ」

殿下の紹介を受けて、私はお辞儀をする。母から習った丁寧な淑女の礼である。優しい母が教えてくれたものの一つだ。

「顔をお上げください、アシュリー様。話はダミアンから聞きましたよ。さあさ、こちらの椅子にお座りください」

私は勧められた椅子に腰を掛けると、ブドーシュも私の隣の床に座る。神官様たちは立ったままだ。

「私は大神官のサディアスと申します。アシュリー様、どうぞお見知りおきを」

大神官というと一番偉い人のはずなのに、私の前で膝をついて挨拶をする。驚いて立ち上がろうとする私の肩を殿下が押さえた。

「アシュリー、座ったままでいい。サディアス、さっさと魔術を解いてくれ。魔術を解かねば、まともに彼女と話もできん」

殿下がそう言うと、サディアス様は大きく頷いた。私は椅子に座ったままだが、殿下をはじめその他の人たちは皆立っているので、非常に居心地が悪い。

「で、どうだ？　魔術を解くことはできそうか？」

殿下が大神官サディアス様に尋ねる。

「はい。私ども五人の力を使えば、恐らく解くことができましょう」

「この魔術の詳細については、また後で聞く。じゃあ頼んだぞ」

そう言うと殿下は私の元から離れ、神官たちが私を囲む。ブドーシュがいなければ、あまりの恐ろしさに泣いていたかもしれない。黒ずくめのローブの男たちに囲まれているのだから。

「解呪を始む」

サディアス様がそう言うと、五人の神官たちが私に手のひらを向けた。あまりに異様な光景に私はブドーシュを抱きしめる。ブドーシュは超大型犬より大きい体になっており安心感があった。いつだってブドーシュは私の心を慰めてくれる。ブドーシュは私を心配してくれているようで、じっとして動かなかった。

ブドーシュの首をギュッと抱きしめて小一時間ほど経過しただろうか、サディアス様が終わりを告げた。

「終わったか！」

部屋の端で椅子に座って待っていた殿下がそう言いながら私の方に急ぎ足でやってくる。

「気分はどうだ？　アシュリー」

どうだと言われても、ようやく神官様たちから解放されたばかりで、気分どうこうを感じる余裕はなかった。

「よく分かりません」

「魔術に気分は関係ないかもしれないな」

「そもそも本当に私は呪われていたのでしょうか？」

そう、私は自分が呪われているのか呪われていないのかが分からないのだ。

「おまえにかけられていた呪いは、いわば洗脳だ。思い当たることはないか？　思い込まされていたことがあるはずだ。目立ってはいけない、母の名誉のために本来の姿をさらしてはいけない、貴族と親しくしてはならない――」

「私の存在そのものが罪である……」

思わず口から出た言葉は、いつもエリオットから言われていた言葉だ。

「これは呪いではなく事実だと存じます。母は貴族に汚され、私を身籠った。私の存在は母が貶《おとし》められた結果のものでございます」

「呪いが解けてもその認識は変わらないか。それは本物の洗脳だな。じゃあ、その母君の名誉を守るために姿かたちを変えるのはどう思う？」

「私が母の娘である事実は変わりません。母は私のことを愛してくれていますし、私の存在を否定しません。私の存在を罪深いと言うのはエリオットだけでございます。……変装は意味がないかと思います」

母は私の父親がどうであれ、私自身を愛してくれている。母は私を隠すようなことはしない。なぜこんな大事なことを忘れていたのだろうか。

「貴族とかかわってはならないというのは？」

「前提として平民の私が貴族の方々にかかわることは現状ほぼないと存じます。学園には貴族の方々がいらっしゃいますが、明確に区分されておりますし」

私は殿下の質問に答えるごとに、いかにエリオットの言葉に不自然に従っていたのかを知り、愕《がく》然《ぜん》とする。

「私はエリオットに呪いをかけられていたのですか？」

「そうだ。今はそのエリオットが依頼した魔術師の行方を探している。おおよその目星は付いているようだ。おまえの父に当たる方が今回のことすべてに手を回してくださった」

「父？　しかし、父は母を無理やり手籠《てご》めにした男だと……」

「まあ、それは事実だろうがな。もう少しやりようがあったと思うんだが」

私は新たな情報に心が追い付かないでいた。母を傷つけた父が私の呪いを解こうとしてくれた。一体どういう経緯で、母は父に攫《さら》われたのだろうか。母の冤罪《えんざい》とは一体何だろうか。

「すまんな。急に色々と言われても混乱するよな。とりあえずこの神殿から出るぞ」

「え？　ブドーシュのことはよろしいのですか？」

「ああ、神獣は王族には珍しくないんだ。そもそも神獣は宗教に縛られる存在ではない」

ならば、今日は私にかけられた魔術を解くために、ここに連れてこられたということになる。最初からそのつもりだったのだろう。ブドーシュは口実だったのだ。しかしなぜ、私の魔術を解いてくれたのだろうか。

「あの、どうかお願いいたします。魔術のことを、母のことを、教えてください。あまりにも知らないことが多すぎて、何が正しいのか正しくないのか判断ができません」

私は今までエリオットとの約束を守って生きてきた。それがまったく不要のものだったとは。今なら、いかにおかしな約束を懸命に守っていたのか理解できる。あまりにも滑稽だ。珍妙なメガネにカチューシャをつけて、ブスメガネと呼ばれて、存在を認識されないように毎晩まじないを唱えて……。

「私は一体何をしていたのでしょうか？」

私は自分に問うように呟いた。

殿下たちとともに神殿を出るが、従者のジェラルド様は禁足の森のせいで疲れているようだ。私もジェラルド様とは違う理由ではあるが、疲れていた。

「顔色が悪いな。……色々と急に進めてすまなかった。ちょっと焦り過ぎた」

すまなそうな顔をして詫《わ》びる殿下に、私の素直な気持ちを伝えた。

「いいえ。私の今後の人生を左右することを知ることができたことに感謝しております。エリオットとの約束がいかに奇妙で歪《いびつ》だったかが身に染みて分かりました。私は一生涯、あの約束を守らねばならないと思い込んでいたのですから」

「そう思い込ませるだけの能力がある魔術師か……」

「それはそうと、魔術師は魔力があれば誰でもなれるものなのでしょうか？」

「いや、魔力があってもそれを操る技術がなければならない。俺は叔父に指導してもらっている。叔父は当代随一の魔術師だ」

殿下が魔術師についての説明をしてくれた。

魔術師は数十万人に一人程しか存在せず、このレナトゥス王国では教会での洗礼の際に魔力の有無が調べられる。そして魔力持ちが見つかった場合は、王国に報告し、細かく適性が調査される。そして魔術師としての適性があると判断された者のみ、王国主導で魔術師になるべく指導される。魔術師になったあかつきには最高待遇に近い生活が保障されるとのことだ。

「そういえば、おまえは洗礼を受けていないのか？」

「はい、私は洗礼を受けておりません。穢《けが》れた子供は受けられないとエリオットが言っていました。ちょうどその当時、流行《はや》り病になって寝込んでいた母には洗礼を受けさせたと報告したようですが」

「エリオットってやつはとんだクソ野郎だな。八つ裂きにして殺したい」

「……殿下、お言葉が乱暴でございます。学園では品行方正、公明正大、聖人君子とされておられるのに。私、少しばかり残念に思います」

学園で一番素敵な殿方と言われている殿下は、女子生徒からも男子生徒からも圧倒的な人気がある。女子生徒からは乙女の願望を具現化した王子様として、男子生徒からは頭脳明晰《めいせき》の上に騎士も顔負けの剣技と頼りがいのある理想的な男性像として。

「おまえ、随分な口を利くようになったな」

「この森では身体《からだ》だけでなく口も軽くなるようでございます。私のせいではございません」

ダミアン様が言うには、この森の中では嘘《うそ》はつけないらしい。行きの道でも帰りの道でも、平民の私が殿下にこういったことを言ってしまうのも仕方がないのだ。軽口を叩《たた》きあいながら、森を出るといつも通りの自分に戻った。といってもエリオットの呪いがかかってない状態で、メガネもカチューシャも外したままだが。

禁足の森の外には騎士と馬車が待機していた。

「今から宮殿でおまえの母親の話や父親の話をするぞ。当時の事情を詳しく知る侍従長を呼んでいる」

「私のような平民が宮殿に入ってもよろしいのでしょうか？」

「今更何を言ってるんだ。禁足の森にも神殿にも行ったやつが」

「……さようでございますね」

「さあ、行くぞ」

馬車に乗るため殿下が私に差し出した手は大きくて硬くて力強い。朝は緊張をしていて、殿下の手の感触にあれこれ思う余裕はなかった。エリオットの呪いのせいもあって、貴族とかかわってはならないと強く思っていたし、ましてや相手は王太子殿下である。

殿下の美しい顔から柔らかい笑みが零《こぼ》れ、思わず見入ってしまう。

「顔が赤いぞ。俺に惚《ほ》れたか？」

「……！」

私は恥ずかしくて俯《うつむ》いてしまった。見惚《みと》れていたのは本当だが、惚れたなんてことは絶対にない。なんと意地悪なことを言う人だろうか。大体、意地悪過ぎて好きになる要素などどこにもないと言うのに。この自信過剰な態度が無性に腹立たしくなって、馬車の中で対面して座る殿下を睨んでしまった。

「上目遣いで睨まれてもなあ。そんなに怒るな」

「怒ってなんておりません」

「耳まで真っ赤じゃないか」

殿下が更に私をからかうので、いたたまれなくなってしまう。するとブドーシュが殿下の顔を引《ひ》っ掻《か》こうと飛びあがった。

「ブドーシュ！　ダメよ！」

ブドーシュはやはり殿下のことが嫌いのようだ。ブドーシュに抱きついて押さえるついでに、もふもふも堪能する。銀色の美しい毛並みが柔らかくて気持ちいいのだ。つい夢中になって顔を埋《うず》めてグリグリしていると、呆れたような殿下の声が上から降ってきた。

「なあ、ジェラルド。おまえにはアシュリーがどんな風に見える？　俺には神獣が視えるが、あれが認識できない人間にはさぞ滑稽だろうな」

「殿下、そのようなことはありません。アシュリー様に失礼です」

ジェラルド様が諫《いさ》めるように言うと面白くないといった風に、私を見つめる。

「アシュリー、おまえ大分だらしない顔してたぞ。神獣が見えない人間には一人でだらしない顔をして喜んでいる奇妙な動きをしている変態だと思われるに違いない」

確かにその通りだと青ざめたが、ジェラルド様がまたもや否定してくれた。

「いいえ。目を閉じて美しい音楽を聴いているような雰囲気でしたよ。決して殿下のおっしゃるような変態には見えませんでした」

「ジェラルド様、お気遣い感謝いたします。ありがとうございます」

ジェラルド様は殿下と違って紳士だ。一方の殿下は私たちのやり取りが気に入らないのか、ジェラルド様に向けて不満そうな顔をする。

「殿下、あなたはガキですか？」

ジェラルド様の言葉に驚いて二人を見ると、殿下は気まずそうにしながら窓の外を眺めていた。

「アシュリー様。今、不貞腐《ふてくさ》れている殿下は本当はお優しい方でございます。まあ、優しければ、からかってもいいというわけでは決してないのですが」

「……。意外です」

殿下の子供っぽい態度も、ジェラルド様の殿下に対する態度も、想定外で驚いてしまう。私の様子を見た殿下が説明をする。

「ジェラルドとは幼い頃から一緒にいたんだ。ジェラルドの方が五つ上だから、私にとっては兄のような存在だ」

「殿下、兄とは誠に恐れ多いことです。私には殿下が女の子に意地悪をするガキにしか見えなかったため、僭越《せんえつ》ながらご注意したまでです」

「おい、ジェラルド！」

殿下は学園では理想的な王太子殿下でいて気詰まりはしないだろうかと心配していたが、側にジェラルド様がいるならば、きっと大丈夫だろう。私には関係ないことだけれども、なぜだかほっとした。

馬車は殿下の居住区域である宮殿の左翼棟前に止まった。殿下が私をエスコートして馬車から降ろしてくれた先には、侍従や女官たちが頭を下げ並んでいる。

「出迎えご苦労」

余所《よそ》行《ゆ》きの笑顔を張り付けた殿下はいつもの爽やかな品行方正な王子様に戻っていた。自分の住まうところでも気が抜けないとは少々同情してしまう。

私は殿下についていき、庭園に面したサロンに入った。もちろんブドーシュも一緒だ。青色を基調とした壁紙には金箔《きんぱく》で蔦《つた》模様が描かれており、調度品は白で揃《そろ》えられている広い部屋である。大きな掃き出し窓からは青々と茂った大きな木が見え、木陰を作っていた。あの木の下で寝ころんだらさぞかし気持ちいいだろう。

「殿下、あの木は立派でございますね」

「ああ、私のお気に入りの木なんだ。たまにあの木の下で休むこともあるよ」

殿下が柔らかく微笑《ほほえ》み、目を細めて庭の木を眺める。もしかしたら特別な思いのある木なのかもしれない。

「さあ、座って。もうしばらくしたら当時を知る侍従長が来るから」

殿下がソファに腰かけ、その向かいに私も座る。ブドーシュは私の足元で寝そべった。そして女官たちが紅茶やお菓子を用意してくれている最中に、私の母のことを教えてくれるという侍従長が入室し、私は挨拶をするために立ち上がった。すると、侍従長は私の顔を見て非常に驚いた表情をする。

「アシュリー、座りなさい。挨拶は不要だよ」

爽やか王子様然とした笑みをたたえて、殿下は私を再び座らせ、侍従長だけを残してほかの女官や侍従を下がらせた。

「さあ、侍従長。アシュリーの母親の話を詳しく話してほしい」

侍従長が私の母、セシリア・アビングトン公爵令嬢の話を始めた。平民のメアリーではない母はどのような人だったのだろうか。

「セシリア様はアビングトン公爵家のご息女でございます。幼い頃から、今上陛下やその陛下の弟であらせられる大公閣下と親しくされていました。可憐《かれん》で美しく、そしておっとりとしたお優しいお方でした」

母は今も変わらずおっとりしている。そして生活能力は皆無であるが、優しい人だ。怒ったところを一度も見たことがない。

「アシュリー、君の母君は私の父や叔父と幼馴染《おさななじみ》だったんだ」

しかし、あの母が公爵令嬢で王族と幼馴染とは驚きである。侯爵令嬢のシャーロット様とは違い、のんびりした人なのに。

「今から十八年前、先代の国王陛下が神託を賜りました。聖女の存在を示唆したのでございます。その条件にあった者が子爵令嬢のリリー・オルコットでございました。リリー・オルコットは王立学園の生徒でございまして、当時の第三王子殿下とセシリア様も同じ時期に学園に在籍されていました」

かつては母も王立フロース学園の生徒だったのかと感慨深く思っていると、侍従長の顔が険しくなった。

「リリー・オルコットは、次々と高位の貴族子息を籠絡しました。第三王子殿下もその一人でございます。第三王子殿下はセシリア様の婚約者であったというのに。そして、国王主催の夜会の場において、セシリア様を糾弾し、セシリア様が聖女であるリリー・オルコットを害そうとしたと主張したのでございます」

侍従長は強く拳を握り締め、話を続ける。

「聖女は国王陛下が賜った神託に基づくものでございます。聖女の言い分を否定することはすなわち、リリー・オルコットを聖女とした国王陛下のお言葉を否定することになります。それでセシリア様は公爵家から縁を切られ、修道院送りになったのでございます。しかし、修道院に着くことなく、お亡くなりになられました」

「だが、リリー・オルコットは聖女ではなかったんだね」

「殿下のおっしゃる通り、その後分かることなのですが、リリー・オルコットは聖女ではありませんでした」

母の状況は、昨日のシャーロット様とエイミー様と第二王子殿下たちとのやり取りに似ている。

特に人前で糾弾したところがそっくりだ。

「アシュリー、昨日の学園の騒動と似ていると思ったのだろう？」

私は思っていたことをズバリ当てられて少し驚きつつも、頷く。考えていたことが顔に出ていたのだろうか。

「セシリア様が追放された後に、聖女となったリリー・オルコットは神殿に入るために禁足の森に向かいました。しかし森がリリー・オルコットを拒絶するのです。入ろうとすると苦しみ気絶しました。つまりあの女は聖女ではなかったのです」

「私もつい先日知ったことだが、聖女はアシュリーの母君のセシリア・アビングトン公爵令嬢だったようだ」

私は首を捻《ひね》る。話によると聖女の条件に合致したのはリリー・オルコットだけだったのではないのか。

「実はセシリア・アビングトン公爵令嬢も聖女の条件を満たしていたんだ。神託では髪の色と目の色、出生地、生年月日しか示されなかった。だが、彼女が聖女になると結婚ができなくなる。それを恐れた男が条件を満たしているにもかかわらず、審議会へ提出する書類を細工した。その男こそが、君の父親だよ。追放されたあと、彼女を保護したのも彼だ。彼は彼女が聖女になれないようにしたんだ」

「殿下のおっしゃる通りでして、代わりに金髪碧眼《へきがん》で同じ生年月日のリリー・オルコットが聖女として推されました」

その結果、リリー・オルコットは前陛下に聖女として認定された。侍従長が話すには、聖女とされたリリー・オルコットは母の婚約者であった第三王子殿下と懇ろになり、二人は母を貶めるために聖女を害そうとしたという罪を捏造《ねつぞう》したのだ。

リリー・オルコットはその後第三王子殿下だけでなく、学園に在籍した高位貴族子息を虜《とりこ》にしていく。一方の母は誰にも何も相談せずにいたという。

「セシリア様は、健気《けなげ》にも一人で耐えておられたのです……！」

侍従長は涙ぐんでいた。しかし、侍従長の語る母は私の知っている母とは違う。母は優しい人だが、何かを我慢したり努力したりする人ではない。結構、自由気ままに楽しく生活している。己を律することもない。

「リリー・オルコットたちの策略に嵌《は》められ、セシリア様は汚名を着せられ、公爵家から追放されました。公爵家の方々は断腸の思いでセシリア様を手放したのです。その後、セシリア様は修道院に向かっている道中で攫われました。そのことが判明したのは、だいぶ後のことになります。セシリア様が入る予定だった修道院は王都から馬車で一か月もかかるところでしたので……」

「もしかしてその攫った人が私の父なのでしょうか？」

侍従長は黙って頷いた。

「私の父親とは一体どなたなのでしょうか？」

私は今まで聞いてはならないとされていた父のことを聞くと、侍従長は殿下の口からお伝えくださいと言う。私は殿下にその答えを請う。

「私の魔術の師であり、王弟のメイナード・ラトランド大公だ」

「……！　大公閣下が私の父なのですか」

「間違いない。その銀髪と紫色の瞳は叔父しかいないからね。王族でもごく稀《まれ》にしか生まれてこない。それに叔父もそのことを認めている」

「エリオットはよく大公閣下の元から母を助け出せましたね」

「叔父は当時、第二王子だった。匿《かくま》った先は王都の別邸で厳しく警備されていたのに、セシリア・アビングトン公爵令嬢は忽然《こつぜん》と消えてしまったのだ」

エリオットにそんな力があるとは思えない。

「エリオットは母の従者でした。今も母の世話をしています。ただの従者がそんな大それたことができるものでしょうか？」

「そのエリオットだが、すでにここ王都に移送され、現在取り調べ中だ。だから近いうちに当時の真実が判明するだろう」

エリオットが今王都におり、さらには取り調べされているとは思いもよらず、私は驚きのあまりに固まってしまった。そんな私を心配したブドーシュが膝の上に前足を置いて私の顔を舐《な》める。ブドーシュのふさふさの毛が頬に当たりくすぐったく、少し冷静になれた。

「エリオットは何の罪で取り調べられているのでしょうか」

「彼は、古文書の窃盗事件にかかわっている。君にあの仕事を斡旋《あっせん》したのも彼なんだろう」

「確かにエリオットに紹介してもらいましたが、エリオットは窃盗のことは知らなかったと思います。単に私に仕事を見つけてきてくれただけです」

殿下は長い脚を組みなおして、腕を組む。

「おまえはエリオットとかいう男のせいで散々な目にあっていたくせに、なんでそんなやつのことを庇《かば》うんだ？」

「殿下、お言葉が乱れています。……私はエリオットに育てられたようなものですので」

「洗脳は解けても、過去の思い出はそのままか。エリオットには窃盗だけではなく、ほかにも罪状があるんだ。十六年前のことでね」

あのエリオットが犯罪者だとは。いや、母のためだったらなんでもするだろう。それこそ人殺しもするかもしれない。

私はエリオットよりも母が心配だった。家事どころか身の回りのことすら一人でできない、おっとりとのんびりした母がエリオットなしに生活ができるはずがない。

「エリオットがいなくなったら、母は一人では生活できません。母が今どうしているのかご存じでしょうか？」

「君の母君は実家であるアビングトン公爵家のタウンハウスに向かっているよ。今日中には着く予定らしい。もちろん公爵家の侍女たちが道中も世話をしているから心配はいらない」

「母はそれを受け入れたのですか？　今まで平民だと言っていたのに？」

「……君がエリオットにされていたことを知って、公爵家に戻ることにしたらしい。アシュリー、君もこの後、公爵家へ行きなさい」

母に聞かねばならないことが山ほどある。一体なぜ、母は平民暮らしをしていたのか、そして今になって公爵家に戻ることにしたのか。エリオットが犯した罪を知ったからといって、貴族に戻る理由にはならない。

「エリオットとかいう従者は、君の母君を随分と崇拝しているようだね」

「はい。エリオットは母のことを崇《あが》めておりました。だからこそ、母が汚された結果である私の存在が許せなかったようでございます。それにしても、なぜ母は生きていたのに、その存在を隠し通すことができたのでしょうか」

アビングトン公爵令嬢だった母は冤罪が晴れた時点で、公爵家に戻るのが道理というものだろう。たとえエリオットに匿われ行方不明だとされていても、公爵家や王家の力を持ってすれば、見つけ出すことは可能だったのではないだろうか。疑問が次々に湧いてくる。

「セシリア・アビングトン公爵令嬢はすでに亡くなったということになっていた」

「なぜでしょうか。母は生きております」

「叔父のもとから君の母君が去った後、叔父は死に物狂いで探したらしい。しかし、どうしても見つからず、叔父は王家や公爵家にも捜索の協力を頼んだ。その時初めて、叔父が君の母君を攫ったことが発覚したんだ」

その後、大掛かりな捜索が行われたらしい。

「その結果、王都から西にあるウレニウムの森、通称灰色の森に獣に食い散らされた遺体が見つかった。アビングトン公爵令嬢が着用していた服とわずかに残った毛髪から、君の母君であると判断されたらしい」

たとえ亡くなったと判断されたとしても実際は生きていたわけだから、母自ら公爵家へ戻ることは可能だったはずだ。

母はなぜ平民として生きていくことにしたのだろうか。もしかして母も私のようにエリオットに洗脳されていたのかもしれない。

「母はなぜ、自分の存在を隠したのでしょうか。冤罪も晴れたというのに」

「いや、君の母君が生きていることは私の父とアビングトン公爵家の前当主と現当主は知っていたらしい。失踪して二年経過してから本人からアビングトン公爵家に連絡があった。だが、君の母君の強い希望で亡くなったということにしていたとのことだ。そのことについては、私もつい先日聞いたばかりだ」

「そうなのですか……。理由は分かりませんが、母は平民でありたかったのですね。私の魔術が解かれて、母とエリオットの関係が歪《いびつ》だったことがよく理解できます。エリオットは母を女神のごとく妄信していましたが、母もエリオットに頼りきりでした」

　私は母とエリオットと三人での田舎暮らしを思い出す。母は毎日幸せに暮らしているように見えた。それは間違いないと思う。

「アシュリーは意外と冷静なんだね」

　殿下が気を使うように言う。

「決して冷静ではございませんが、腑《ふ》に落ちたと申しますか」

　殿下は紅茶を一口飲み、話を続けた。

「その後のリリー・オルコットとその周りにいた男たちは、それぞれ処分された。リリー・オルコットは修道院に移送中に死亡、第三王子は幽閉後病死、その他の高位貴族の息子たちも同様に病死だったり、事故死だったりしてもうこの世にいない。そしてリリー・オルコットを聖女と認めた王も、当時の王太子、つまり私の父に譲位をして隠居した。また、君の父君は直接冤罪事件にはかかわってはいないことと、高い魔力を保持していたため、大公となり王家に生涯尽くすことになった。子供を作ることはできないようにされてね」

　殿下はさらっと処遇を言うが、王族も貴族も恐ろしい。なんて恐ろしいのだろう。平民の命も軽いが貴族のそれも軽いではないか。学園でも貴族の令息令嬢は煌びやかだけれども、妬みや嫉《そね》みだらけで決して美しい世界ではない。

「私は平民として生まれて本当に良かったと思います」

私が心の底からそう言うと、殿下が口の端を上げて馬鹿にしたように返してきた。

「君が今更平民として生きていけるはずないだろう？　母親は公爵令嬢、父親は王弟で大公。この王国で最も尊い血が流れているんだ。放っておかれるはずがない。しかも魔力持ちで、さらに珍しいことに神獣も従えている」

「……私は平民でございます。これからも平民として生きていく所存でございます」

「王家が君を放っておくと思うのかい？　君の魔力の質も、姿かたちも、すべて親譲りだ。しかも叔父と同じ銀髪に紫色の目をしている。紫色の目は王族のみに時折現れるんだよ。君に王家の血が入っているのは一目瞭然だ」

私が貴族だなんてとんでもない。冗談じゃない。

「公爵令嬢になったあかつきには、あの犯罪の件も目を瞑《つぶ》ろうと思っていたんだがなあ。王宮所蔵の極めて貴重な古文書の窃盗となるとね、平民の君にどんな刑が下されるか。私は平民法には暗いが、それなりに厳しい結果になるのは予想に難くない」

口調は優しいが、明らかに私の反応を面白がっている殿下の態度が腹立たしくなる。不敬だろうがなんだろうが、こんな殿下は大嫌いだ。

そもそも私が犯罪に加担したのは事実だし、安易に金儲《かねもう》けしようとしたのが悪いのだ。私は腹をくくった。

「さようでございますか。それでは私を罪人として裁いてください」

殿下が瞠目《どうもく》している。恐らく予想していなかった返答だったせいだろう。私は権威に媚《こ》びて自分の罪を軽くしたりはしない。

「ちゃんと罪を贖《あがな》います。エリオットの呪いが解けたせいか、罪人として扱われることへの恐怖が薄れたようでございます。しかるべき罰を受ける所存でございます」

私は殿下の目を見て、はっきりと告げた。これ以上殿下の言いなりになるつもりはない。怪しいと分かっていて内職をしていたのだから自業自得だ。疑う機会は何度もあったのに、気付かぬふりをしていた。

「おまえ、本気か？」

「もちろんでございます」

動揺したのか殿下の言葉が乱れたが、私は本気であることを伝えた。殿下はため息をつくと不敵な笑みを浮かべる。

「分かった。じゃあ、首を洗って待っているといい。ジェラルド、アシュリーを公爵家へ向かわせる手配をしてくれ」

「かしこまりました」

ジェラルド様が他の使用人に伝達をしている姿を見ながら、すぐに捕えられなかったことにほっとする。覚悟したつもりだったが、やはり怖い。

しばらくすると、ジェラルド様が殿下に馬車の用意ができたと告げにきた。殿下が最後に侍従長に何か言うことはないかと尋ねる。

「いえ、特にはございません。しかし、まるで在りし日のセシリア様とそっくりなご令嬢とお会いできるとは……！」

「母は元気に生きております」

母が亡くなったかのように侍従長が涙ぐんで言うので、訂正を入れる。

「は、そうでございました。あのセシリア様は生きておられるのですね。私は今日、殿下から話を伺うまでその事実を存じ上げませんでしたので」

侍従長の言葉を受けて、私は殿下に尋ねた。

「殿下、母が生きていることは近いうちに公表されるのでしょうね。アビングトン公爵家に戻ったのですから」

「時機を見はからって発表されるだろう。しかし、貴族には鼻が利く者が多い。発表せずとも噂は流れる」

「それにしても母が公爵家に戻るつもりだとは、俄《にわ》かには信じがたくて……。もう平民でメアリーという名の母はいないのですね」

私は母を遠くに感じてしまう。

「アシュリー、母君に直接会って話を聞くといい。恐らく母君も色々と考えてのことだと思うしね。今日はご苦労だった。君は平民として生きていくんだったな。裁きは直《す》ぐにはないから、ゆっくり待っておくとい」

殿下の言葉を受けて、私はソファから立ちあがり礼をとる。その後、部屋のドアまで行き、再度殿下に深く礼をすると、ソファに座ったままの殿下は長い脚を組み直して、何が面白いのか、にこにこしながら私を見送った。

これから会う母のことも心配だが、私自身は処罰されるのだ。公爵家にいる母よりも自分の身を心配したほうがいいかもしれない。それにしても殿下は私が罰せられるのがそんなに楽しみなのだろうか。あんな笑顔で裁きのことを言うとはとんでもなく意地が悪いと思う。

そんな風に殿下のことを思っていると、退出の際にジェラルド様が私にそっと耳打ちをした。

「殿下は王族だからと言って理不尽に罰を与えたりはしません。心配はいりませんよ」

そう言われても心配しかない。不安が顔に出ていたのか、ジェラルド様が眉を下げる。

「殿下は素直ではありませんから……お子様なんですよ」

ジェラルド様の言葉にどう返していいか分からないまま、サロンから出て侍従と女官の後をついて広々とした廊下を進む。大きな出入り口の扉を開けてもらうと、既に豪奢《ごうしゃ》な馬車が停車していた。

その馬車の紋章は母の持ち物で見たことのある模様だった。つまりはアビングトン公爵家の馬車ということなのだろう。

乗り込んだ馬車の中で私はブドーシュをぎゅっと抱いて、広大な王宮の景色を眺める。もう二度と来ることはないだろうと。

馬車は王宮を出て、母のいるアビングトン公爵家へ向かった。

母に話を聞かねばならない。しかし、たとえどんな話を聞いたとしても私は平民として生きていくつもりだ。エリオットの呪いとは関係なく、もともとの目標である官吏になって、ブドーシュとともにそこそこ豊かな暮らしをしたい。貴族になる必要はない。それに窃盗の罰を恐れて貴族になるだなんて、殿下に屈したようで嫌だ。

公爵令嬢になれば罪を償わなくていいとは、殿下は平民をなんだと思っているのだ。いや、平民は貴族からしたら虫けらみたいな存在なのは知っているが、殿下がそんな考えを持っていたことに正直なところ落胆していた。多分、私の中で殿下に期待していたところがあったのだろう。

「ブドーシュ、私が処刑されたらおまえどうするの？　餌を誰からもらうの？」

私の金色のモヤモヤを食べているブドーシュを見ながら最悪の結果を考える。もし私が処刑されたら、ブドーシュの世話は誰がしてくれるのだろうか。ブドーシュを視ることができる人でなくてはならないが、今のところ殿下とあの神官様たちくらいしかいない。ブドーシュが咬《か》みつく殿下は論外なので、神官様たちに頼むしかないだろう。

「おまえの世話をしてもらえるように手紙を書くわ。手紙は殿下に預ければ、きっと神官様たちに渡してくれるはず。意地悪でも手紙くらいは渡してくれるわよね？」

処刑される前提で先を考えていると、どうしようもなく暗くなってしまう。ブドーシュがいなければ、悲嘆して大泣きしていただろう。

「ブドーシュと出会えて良かった。ありがとう、ブドーシュ」

「なーお」

私はブドーシュを抱きしめた。

王宮から出て三十分ほど馬車に揺られた先にアビングトン公爵家のタウンハウスはあった。馬車から降りることなく、大きな門扉をくぐり、公爵家の広大な敷地内に入りゆっくりと進む。馬車は壮麗な屋敷の前に止まった。

「ブドーシュ、着いたみたいよ」

馬車の扉が開かれると、そこにはお仕着せを着た使用人たちが並んでいた。

「お待ちしておりました。どうぞこちらへ」

お仕着せでない上等な服を着た年配の男性が手を差し出すので、私はその手を取って馬車から降りる。

「ありがとうございます。お初にお目にかかります。アシュリーと申します」

目の前の男性は明らかに平民ではなさそうなので、私は淑女の礼をする。

「私は家令のバイロンと申します。どうぞ私めにそのようなことをなさらないでください。さあ、こちらに」

私は今現在、家名すら持っていない平民である。訂正したいところだが、まずは母に会わねばならない。

「母はもうこちらに着いていますか？」

「はい。二時間ほど前にお着きになられました。今は身支度をなさっているかと思いますので、お嬢様もどうぞお着替えなさってください」

「いえ、私は母に会って話を聞きましたら、学園の寮に戻りますのでこのままで結構です。綺麗にした方がよろしいでしょうか？」

もしかしたら公爵家に入るには小汚い恰好なのかもしれない。しかし宮殿にはこの制服姿で入ったのでドレスコード的には問題ないと思うのだが、一般的な貴族社会では許されないのだろうか。

「とんでもございません。ちょうどセシリア様のドレスを用意しておりましたから、お嬢様もと思いまして」

「お気遣い、ありがとうございます」

家令は私の希望通り、制服のままでいさせてくれた。私は母を待つため広い応接間に通される。

華美な装飾の部屋は落ち着かないが、精緻な刺繍《ししゅう》が施された布張りのソファに浅く座り、静かに母を待つ。

しばらくして、扉を使用人に開けてもらい母は部屋に入ってきたが、その姿に私は目が点になるのだった。

「アシュリー、久しぶりね。元気だったかしら？」

母はとても質の良い生地で作られたドレスを纏《まと》い、そして恐らく相当高価であろうアクセサリーを身につけていた。あの平凡な田舎暮らしの平民メアリーはそこにはいなかった。ここにいる母はまさしく貴族である。私が知らない母が目の前にいるのだ。

「お母様。ご無沙汰しております。このたびは私のために王都まで来てくださりありがとうございます」

「うふふ。大好きなアシュリーのためだもの！　あら、綺麗な神獣ね」

母はブドーシュを一瞥《いちべつ》した後、私を抱きしめた。今までに嗅いだこともない香水のいい匂いがする。母にも神獣が視えるらしいが、興味はないようだ。気のせいだろうか、ブドーシュの方は母に怯《おび》えているように見える。

「長旅でお疲れのところ申し訳ないのですが、エリオットのこと、私の父のことについて教えてほしいのです」

母は人差し指を顎に当てて、首を傾《かし》げた。

「お母様、何か不都合でも？」

「うーん、私が全部話すのは疲れてしまうから、当事者を呼びましょう」

「当事者？」

「メイナード様とエリオットよ」

母はそう言うとにっこりと笑った。

「あの、エリオットは捕まえられているから無理ですよ」

「ああ、そうだったわね。だから私王都まで来たんだわ！」

母はうっかりしていたとばかりに手を叩く。

「エリオットはともかくとして、メイナード・ラトランド大公閣下を呼ぶだなんて。恐ろしくはないのですか？　お母様は冤罪で追放された後、閣下に監禁されたのですよね？」

「え？　恐ろしいだなんて、そんなこと全然ないわよ。前に言ったことあるでしょう。あなたのお父様は立派な方だったって」

母はきょとんとして答える。

「エリオットはお母様がラトランド大公閣下にぼろぼろにされたと……。エリオットがお母様を助け出したと聞いています」

「エリオットったら、どうしてそんな嘘を？」

母がにこにこして話す姿が、なぜだか知らない人のような気がしてだんだんと怖くなってきた。

「お母様はどうして、公爵家に戻らなかったのですか？」

母は婉然《えんぜん》と微笑んで答えた。

「うふふ。だって平民になりたかったんだもの」

「……なぜ、平民になりたかったのですか？」

「予言書を読んでね、そう、その予言書を書いた子が私の未来を教えてくれたの。私は平民になるって」

予言書？　なんのことだか私にはさっぱり理解できない。

頭を抱えそうになっていると、ノックの音が響いた。

「旦那様がおこしでございます」

現れたのは母より年上に見える整った顔立ちの男性だった。母と同じ金髪で青い目をしている。

「あら、ヒューバート、ようやく帰ってきたの？　私待っていたのよ」

母は無邪気に声をかける。

「姉上、お変わりないご様子で安心しました。そちらが、姉上とメイナード様との間の――」

「アシュリーよ。とってもいい子なの。自慢の娘よ」

私はソファから立ち上がり、挨拶をする。

「お初にお目にかかります。アシュリーと申します」

「姉上に子供がいるなんて。そんな報告一切ありませんでしたよね？　十五年間もよく隠し通せたものです。ああ、失礼、私はアビングトン公爵家当主のヒューバートだよ」

母の弟にあたるヒューバート様の話しぶりからすると、母は公爵家に定期的に何らかの報告をしていたようだ。

それにしても母は若く見える。今まで気にしたことはなかったが、二十歳くらいにしか見えない。

「アビングトン公爵閣下は母が生きていることをご存じだったと伺いましたが……」

ヒューバート様は呆れた顔をして母の方を見るが、母はうふふと笑うだけだった。

「ああ。姉上が生きていると知ったのは、追放され死亡したとされた日から二年後だよ。十四年前に姉上本人から連絡があってね。それからは金銭的な援助をしていたから、不自由な生活はしていないと思っていたんだが。アシュリー、君は特待生で学園に通っているらしいね」

母のお金の出所は公爵家からだった。しかし、母はそのお金を恵まれない人たちに使っていたので、うちは生活が苦しかった。

「はい。お陰様で合格しました。奨学金もいただいておりますので、学生生活は特に問題はございません」

私がそう答えると、ヒューバート様は母を見てため息をついた。

「学園に通える費用はあったはずですし、もし足りなければこちらで支払ったというのに」

「あら。私もアシュリーも平民よ？　身の丈にあった生活というものがあるのよ。それって素敵でしょう？」

母は平民であることを嬉《うれ》しそうに語るが、なぜ平民にこだわるのだろうか。そして母の口から出た身の丈にあった生活とはなんだろうか。母はエリオットのお陰で特に苦労せずに生活をしていたのに。

母は冤罪で追放され、監禁、凌辱《りょうじょく》された上に不幸にも私を身籠ったというのに、健気にも私を愛してくれていたのではなかったのか。

「私、お母様から何があったのか教えて欲しいのです」

「明日でもいいかしら？　晩餐《ばんさん》もとりたいし、その後はゆっくりしたいもの」

私の真剣な訴えに対して、にっこりと微笑んで答える母を見て鳥肌が立つ。

「今日中に寮に戻りたいので、今、教えてください」

私は母に強く何かを言ったことはない。それはエリオットから私の存在が母を苦しめていると教えられていたからだ。

それにもかかわらず、母が私を疎ましく思うことなく育ててくれたことに感謝していたが、よく考えれば母は、淑女教育以外は何もしてくれていなかった。実際のところエリオットが私の面倒を見ていたし、大きくなってからは私が母の世話をするようになった。

「あら、明日じゃだめなの？」

「はい」

「アシュリーが駄々をこねるだなんて珍しいわ」

母がにっこりと微笑む一方で、ヒューバート様は真面目な顔をして母に尋ねる。

「姉上、今後アシュリーを我がアビングトン公爵家、もしくはアシュリーの実父のラトランド大公家のどちらの籍に入れるつもりですか？」

「うふふ。私はアシュリーにはどうしても平民として生きて欲しいの。だから今まで通りよ」

「私もこのまま平民でいたいと思います」

ヒューバート様は私たち親子の会話を聞いて黙ってしまった。

「それではお母様、そしてアビングトン公爵閣下、当時の話をお聞かせくださいませんか?」

「アシュリー。私のことは叔父様と呼んで欲しいんだが」

私は首を横に振った。

「たとえ血が繋《つな》がっていようとも立場が違いすぎますので、どうかご容赦くださいませ」

「……姉上はこの子をどういう風に育てたんだ。いや、エリオットがほとんど育てたんだったな。じゃあせめて名前で呼んでくれ」

私が頷くと、ヒューバート様は使用人に軽食を用意するように命じ、母の身に起こったことを話しはじめた。母は優雅に紅茶を飲みながら、時折りヒューバート様の話を否定したり、訂正したりする。

すべての話を聞き終わった時、私は膝から崩れ落ちそうになった。

◇　◇　◇

当時、母は第三王子殿下の婚約者だった。

そして王立フロース学園に通っていた時に、同じ学年の子爵令嬢であるリリー・オルコットと知り合う。

「まだ彼女が聖女だという神託を受ける前よ。でもリリーは自分が聖女になる未来を知っていたのよ」

予知ができるということかと母に尋ねると、少し違うと返ってきた。

「リリーは沢山の男の人を虜にすることができるのだけど、誰を選ぶかによって未来が変わるのよ。私がリリーからその話を聞いたのは、たまたま彼女のノートを拾ったから」

母はノートに書かれた実在の人物が出てくる物語を読んで、とても興味を持ったらしい。そしてリリーも誰かに話したかったようで、母にその物語を詳しく教え、そしてそれが確実に未来で起こる予言であると伝えた。

「私の未来も教えてくれたわ。聖女リリーを殺害しようとして、追放されて平民になる『悪役令嬢』なんですって」

リリー・オルコットに思《おも》い遣《や》りはないのだろうか。仮にも親しくなった友人にそんな酷《ひど》い未来を教えるなんて。

「リリーは私の婚約者の第三王子が好きだったのに、私に遠慮してたの。だから私が背中を押したのよ。だって私、彼のことちっとも好きではなかったもの。でも、彼はリリーに振り向くことはなかったわ」

そんな時、神託が下りてリリーは聖女となる。表向き聖女とはどのような宗教にもとらわれないものとされているが、実際はリュンクース教に仕えるらしい。

聖女になったリリーはそれまでの控え目な性格が一変した。

「急に邪力を使えるようになったの。あなたにも視えるでしょ？　今の学園にもリリーみたいな子が現れたって聞いたわ」

「赤紫色のモヤモヤのことですか？」

「ふふふ、モヤモヤという表現は可愛らしいわね。それを邪力というのだけれども、彼女の邪力は異性を魅了するだけの可愛いものだったわ。中には殃禍《おうか》を呼び起こすものもあるのよ。それで、リリーは相手を魅了した際に種も植え込んでいたの」

母の話はよく分からない。

「種？　何の種ですか？」

「ふふ、人間から瘴気《しょうき》を発生させる種よ。でもリリーはそのことを知らなかったみたいね」

瘴気とはなんだろうか？　母の話は私の知らないことばかりで理解が追い付かない。

辛うじて分かったことといえば、エイミー様のモヤモヤは邪力で、私のモヤモヤは魔力ということだけだ。

「彼女、魔族と契約したのよ」

「魔族？　なんですか、それは」

「あら、アシュリーって物知らずね」

コロコロと笑う母に、私は顔が引きつる。

「姉上、上位貴族ですら魔族のことは知りません。王家と三大公爵家のみが知ることです。アシュリー、このことは口外しないように」

魔族なんて言っても信じる人なんていないと思うし、私もまだ信じられない。母の説明ではよく分からなかったので、ヒューバート様に母の話を理解するために必要となる最低限のことを教えてもらった。

魔族とはこの地上とは違う次元に棲《す》むものたちで、ある特殊な魔術陣を用いて行き来ができるらしい。ただし人間は魔族の国には瘴気があって生きていけないし、逆に魔族も人間の国には瘴気がないから生きていけないため、ほぼ交流はない。これは王家と三大公爵家のみが知るところらしい。

「お母様はなぜリリー・オルコットが魔族の力を借りたと思ったのですか？」

「あら、だってあの邪力が魔族のものだもの。魔族がリリーに邪力を授けた時に、瘴気を発生させる種も一緒に与えたのね。リリーは知らなかったみたいだけれども。瘴気をこの世界に満たして、そしてゆくゆくは魔族の世界にするつもりだったのではないかしら？　うふふ、小さな一歩よねぇ」

その言葉にヒューバート様は驚き、紅茶の入ったカップを落とした。

「姉上、そんな事実私は知りませんでした。姉上は知っておきながらなぜ……？」

「あらあら、紅茶をこぼすなんて、おっちょこちょいね。あなたが小さい頃を思い出すわ。それにこの話は今初めてしたから、誰も知らなくて当然よ」

母は自分がとんでもないことを話している自覚はないようだが、私には優しい母が化け物のように思えてならない。

一旦、魔族の話は置いておいて、母の冤罪事件について語ってもらった。

「リリーは邪力を使って、第三王子殿下を自分のものにしたのだけど、欲が出て、他の男子生徒にも邪力を使ったの」

「……お母様はそれを知っておきながら、何もなさらなかったのですか？」

「なぜ私が何かをしないとならないのかしら？　私は私で平民になるために忙しかったのよ。リリーの予言書は信憑性《しんぴょうせい》が高かったから」

嘘だ。母の立場ならば、予言書に書かれていることなんてどうとでも覆すことができただろう。母はあえて何もしなかったのかもしれない。

「リリー・オルコットが聖女になったのも予言書通りだったのですね」

「そうよ。リリーは聖女になったわ」

「お母様。リリー・オルコットは聖女でないことを初めからご存じだったのではありませんか？」

母は悪戯《いたずら》がばれた子供のように笑った。

「知っていたけれど、陛下がリリーを聖女にしたのだから、私には関係ないわ。なぜ私がそれをわざわざ否定する必要があるのかしら？」

その時、ヒューバート様が大きな音をたて立ち上がった。

「姉上は……姉上は知っていたのですね！　姉上がすべてを話してくれていたならば、リチャード殿下は今も生きていた！」

　リチャード殿下とは母の婚約者だった第三王子殿下のことだろう。

「ああ、あなたはあの方と仲が良かったものね。でも、あなただってリリーの魅了に惑わされていたじゃない。私の弟だから助けたのよ。だからあなたはこの公爵家を継ぐことができたんでしょう？　感謝すべきよ、私に」

　ヒューバート様は唇を噛《か》みしめ、再びソファに腰を下ろした。

「リリーの妄言で私を追放したあなたたちが私に何か言える立場にあって？　それに最終的にはリリーが植え付けた種をすべて滅してあげたわ。うふふ、私のお陰で魔族の侵入を防げたのよ。多分、これこそが聖女の役目だったのね。結局、私は聖女として働いていたんだわ。聖女だとしてもリュンクース教に仕える必要なんてなかったのよ」

　母は微笑みながら、お菓子を手に取った。平民とは思えない美しい白い手。滑らかな肌。艶やかな髪。

「お母様はなぜ冤罪が晴れた後、公爵家に戻らなかったのですか？」

「誰にも干渉されずに森で妖精たちと過ごしたかったからよ。人間なんて嫌いだわ。まったくなぜ男も女も私にまとわりつくのかしら。媚びへつらって。気持ち悪くてたまらないのよ」

　母は口を尖《とが》らせて子供のように言うが、そんな理由で平民でいたとは。母は家事も仕事もせずに、エリオットを伴って近所の森をよく散策していた。私が家事をしている間、妖精と遊んでいたのだ。

それにしても妖精に魔族と、母は人ならざるモノと繋がっていたとは。

ヒューバート様が母の発言を聞いて、震える手で顔を覆う。

「姉上は社交界で女王でしたね。そこに立っているだけで誰もが姉上に魅了され、誰もがあなたに傅《かしず》いていた。それが鬱陶しかったからといって、あの茶番を放置して、自分の望みだけを叶《かな》えたのですね……！」

「いやだわ、ヒューバート。みんなが望んだことじゃないの。そう、あなたも含めて、みんなリリーが欲しかったのよね。ふふふ」

母は世間話のように話す。何人もの方が亡くなったと言うのに。

「お母様は追放された後、ラトランド大公閣下に監禁されたとのことですが、どこまで事実なのですか？」

「貴族籍から抜かれた後の生活基盤はエリオットに手伝ってもらって、あらかじめ作っておいたの。リリーの予言書のお陰ね！　そこに移動する途中でメイナード様に拐《かどわ》かされたの。お腹《なか》も空《す》いていたし、湯浴《ゆあ》みもしたかったから、ちょうど良かったわ」

拐かされたというより、匿われただけではないだろうか。そう母に尋ねるとキョトンとした顔をした。

「私は何も頼んでないわ。勝手にメイナード様がしたことよ。とにかくそこで数日過ごしたの。メイナード様のことはそれなりに好きだったけれど、しつこくて鬱陶しく思い始めた時に、エリオットが迎えに来てくれたの。そして探されないように私の代わりの死体を用意させて、私は死んだことにしたのよ」

少女のように笑う母に、私は目眩《めまい》を覚える。

「どうやって抜け出したのですか？」

「エリオットが魔術師に頼んだらしいわ。エリオットは片目がないでしょう？　それが代償ですって」

確かにエリオットは隻眼であるが、そんな理由があったとは知らなかった。

「ごめんなさいね、アシュリー。なんだかお喋《しゃべ》りするのも疲れたわ。あとはヒューバートに説明してもらってね」

そう言うと、母は部屋から出て行った。

私は青ざめたヒューバート様の方を向く。

「アシュリー、とても顔色が悪いが大丈夫かい？」

「お気遣い痛みいります。ヒューバート様こそ、お加減が悪いのではありませんか？」

「……姉上の話を聞いて平気ではいられるはずがない。君もそうだろう？」

私は黙って頷《うなず》いた。そしてしばらくの沈黙の後、ヒューバート様がその後のことを簡潔に教えてくれた。

母が『悪役令嬢』として追放された後、聖女リリー・オルコットは禁足の森に入れず、聖女ではないことが判明。その後、母を糾弾した内容がすべて嘘偽りだったことも明らかになり、ヒューバート様以外の関係者すべてが亡くなった。母もすでに亡くなったとされていたが、その二年後に母から手紙が届いたらしい。

とても幸せな日々を送っており、今更、貴族社会に戻るつもりはない、名誉は回復されたのだからそれで十分だと。ただ、母が所有していた宝飾品の類だけは送って欲しいと母の筆跡で書かれていたそうだ。

「姉上が生きていると知り、私は会いに行った。姉上が幸せそうに大きなボンネットを被《かぶ》って田舎道を歩いている姿を遠くから見て、幸せを壊す真似《まね》はしたくないと思い、顔を合わせずにそのまま王都に戻った。その後、金銭的援助をするようになったんだ」

「私の存在はご存じなかったのですか?」

魔術道具のメガネとカチューシャのせいで、あまりにも母に似ていなかったことと、エリオットとともに家事をしていたから、小間使いだと公爵家の諜報員《ちようほういん》から報告がされていたそうだ。そもそも母自身が私の存在を明かしていなかった。

「……私は姉上に何か言える立場ではないんだ。私もリリーに誘惑され、姉上を糾弾しようとしていた一人だからね。姉上が助けてくれなければ、私の命もなかっただろう」

ヒューバート様は膝上に手を組み、うなだれた。

「お話しくださりありがとうございます」

私が困惑しながらもそう言うと、ヒューバート様は顔を上げた。

「今まで我々に援助くださり、心より感謝申し上げます。母はこのままこちらでお世話になるつもりなのでしょう。母のこと、どうぞよろしくお願いいたします」

「君はどうする？　君さえ良ければ、姉上と一緒にここにいていいんだよ」

私は首を横に振り、断った。

「私は今まで通りの生活をします。平民として生きていくつもりですし。……それに今は母のことが怖いのです。洗脳に近い呪いが解けたせいかも知れません。ですから、しばらく母と距離を置きたいのです。どうぞ私のわがままをお許しください」

「君は姉上に瓜二《うりふた》つなのに、性格はまったく違うんだね。急にこんなことになって、君も大層混乱していることだろう。君の気持ちは痛いほどよく分かるよ。姉上があんな人だったとはね。とりあえず今日はいつも通りに寮に戻りなさい。そして今後のことは改めて話し合おう」

私が席を立ち挨拶をして、部屋から出て行こうとすると、華やかなイブニングドレスに着替えた母が再びやってきた。

「あらアシュリー、もう帰ってしまうの？」

母の無邪気な笑顔が恐ろしく感じられて、自分の顔が引きつるのが分かる。

「はい。寮に戻ります。お母様はこちらに滞在なさるんですよね？」

「そうよ。私の愛《いと》しい娘がエリオットに酷いことをされていたと知って、今までのようにのほほんと暮らせる訳ないじゃないの。私はあなたの母親なのよ。これを機に私は公爵家に籍を戻すわ。でもアシュリーは平民でいていいのよ。ううん、平民でいて欲しいの。平民って素晴らしいでしょう。私も折を見て田舎の別荘に移るわ」

「あの、エリオットのことはどうなさるつもりですか?」

「エリオットには罰が必要よね。私の娘を傷つけたのだから。そうね、どうしようかしら? 今は取り調べされているらしいけれど、そのまま牢《ろう》に入れられたら面白くないわよね? 私がお仕置きしてあげるわ。もう悪いことができないように手足を切っちゃう? ついでに嘘つきの舌も切っちゃう?」

　母は何を言っているのだろうか。エリオットは確かに私を洗脳し、傷つけた。それは母を崇拝するあまり及んだ行為だ。

「私は私刑を望んではいません。この国の法に則《のっと》って裁いて欲しいと思います」

　母は手を頬にあて、首を傾げた。

「アシュリーがそう言うならば、仕方ないわね。あなた、それにしても私にそっくりよね。うんと小さい頃は似ているかもとは思っていたのよ。でもすぐにメガネをかけるようになったでしょ? エリオットがあなたは目が悪いからメガネをかけなければならないって言っていたけど、嘘だったのよね。酷いわ、エリオット」

母は手を伸ばして、私の髪の毛に触れる。

「髪の毛も美しい銀色。そこの神獣と一緒ね」

「お母様には神獣が視えるのですね」

母はにっこりと笑って頷いた。

「これでしばらくお別れになるわね。私は貴族に戻るから、平民のあなたとは立場が異なるの。ごめんなさいね、これまでのように母親として接するのは難しくなるわ。寂しくなるわね」

母は何を言っているのだろうかと、私は呆然《ぼうぜん》とした。そしてようやく気がついた。

母は私に興味がないのだ。母は母が産んだ娘という存在は大切にしているが、私という個人には関心がないのだ。

「お母様、もうお暇《いとま》します。ヒューバート様、本日はありがとうございました」

私が挨拶をすると、母が私を抱きしめた。

「あなたは私の娘よ。愛してるわ」

その言葉に私は総毛立った。母のいう愛とはなんだろうか。

帰りの馬車の中でブドーシュを抱きしめながら、目まぐるしかった今日一日のことを振り返る。

「母のこともエリオットのことも分かったわ。そして父のことも。例の魔術師はそのうち捕まるということだし。魔族とリリー・オルコット……。エイミー様ももしかしたら、魔族と関わり合いがあるのかもしれないわね。だとしたら、問題が大きくなる前に殿下に伝えなければ」

もうくたくただった。ガス灯が淡く光る中、王都の石畳の道の上を走る馬車の揺れに体を任せて、私はブドーシュに寄りかかって眠りに落ちた。

馬車はいつの間にか学園に入って停車していたらしい。それでも起きなかった私を起こしたのは、馬車に乗り込んだ殿下だった。

「おい、大丈夫か？　顔色が悪いぞ」

「……もう捕まえに来たのですか？」

馬車の外はすでに暗くなっていた。殿下の後ろにいるジェラルド様がランプであたりを照らしている。

「違う、おまえが、その、あれだ、今日は無理をさせたから、疲れているのではないかと」

意外にも私のことを心配してくれていたようだ。

「殿下がお気になさることはございません」

私は笑顔を作ろうとしたが、上手《うま》く笑えなかった。

「無理するな」

「……いえ、無理はしておりません」

あんなに意地悪でからかってばかりいた殿下が優しいだなんて、なにか企《たくら》んでいるに違いない。

間違っても絆《ほだ》されてはならない。私が馬車から降りたいと殿下に告げると、殿下がさっと先に降りて手を差し伸べる。こういう態度はまさしく王子様だ。

その手を取ろうとした時、殿下を押し除《の》けて両手を広げた男の人が私を抱きしめようとした。

「アシュリー！　私の娘！」

銀色の髪に紫色の目をしている。

十中八九、私の父だろう。

【第五章】

「叔父上、後日、会う予定だったでしょう？　なぜここにいるんですか？」

殿下が怒っているが、推定父はどこ吹く風だ。

「不肖の弟子が私の娘に会おうとしていることくらい把握している。未熟者め」

推定父はしっしと殿下を追い払うように手を振る。

「ああ、私の娘！　なんて美しく可愛《かわい》らしいんだろう！」

目の前にいる美しい男性はやはり私の父のようだ。銀色の長い髪に、少し垂れ目の紫色の目は私と同じ色をしている。すっとした鼻梁《びりょう》に薄い唇。背は殿下と同じくらい高い。母に負けず劣らず美しく色っぽい人だ。

とにかく馬車から降りねばならない。だからといって初めて会う父に抱きしめられるのは嫌だ。絶対に回避したい。そう逡巡《しゅんじゅん》していると、ブドーシュが先に馬車から降りて父に体当たりして退けてくれ、その隙に私は馬車から降りた。

「ブドーシュ、ありがとう」

私がブドーシュに顔を埋《うず》めて全身を撫《な》でながら褒めると、ブドーシュは可愛らしく「なーお」と鳴く。

「この神獣は、私と同じ銀色の毛に紫色の目をしてるね。やあ、ブドーシュと言ったかい？　私はアシュリーの父のメイナードだよ。よろしく」

次の瞬間、ブドーシュはガブリと父の手を咬《か》んだ。

「こら、ブドーシュ！　申し訳ございません、大公閣下」

ブドーシュの咬み癖はどうにかすべきかも知れない。

「いやいや、我が娘を守るならばこのくらい威勢がよくないとね」

父はダラダラ流れる血を魔術で止め傷をあっという間に治した。

「アシュリー、私のことはパパと呼んでほしいな」

「……大公閣下、先ほど母と会いました。母は貴族に戻るそうですが、私は今後も平民として生きていく所存でございます。私には父はおりません。どうぞご容赦ください」

「そんな悲しいこと言わないで。私はやっと会えた娘にパパと呼ばれたいんだ」

母が化け物ならば、父は甘えん坊だろうか。

ああ、疲れた、もうこれ以上対応できない――

「アシュリー！」

殿下が私を呼ぶ声が聞こえたが、そのままブドーシュの上に倒れ込んだ。ふわふわのもふもふのブドーシュは最高だった。

目覚めたら、すでに陽《ひ》が高くのぼっており、カーテン越しに光が差し込む。寮の自室だ。

徐《おもむろ》に体を起こし、しばらくぼうっとしていると、ベッドの下で寝そべっていたブドーシュが私が起きたことに気付き、抱きついてきた。

「おはよう、ブドーシュ。今何時かしら？」

「十時だね。お寝坊さん」

一人部屋のはずなのに声がして、私は驚きのあまりブドーシュをギュッと抱きしめる。

恐る恐る後ろを振り返ると、父であるラトランド大公が寮に備え付けの古ぼけた木の椅子に座っていた。

「おはよう、可愛いアシュリー」

私は驚いて口をぱくぱくさせる。

「いやあ、この椅子はボロボロで座り心地が悪いね」

この椅子はあまりに古くて、少しでも見栄え良くしようと先日ヤスリをかけて、オイルを塗ったのに。私はブドーシュを抱きしめながら、父を睨《ね》め付けた。

「なぜ私の部屋にいるのですか？」

「え、娘が疲労で倒れたんだよ。心配に決まっているじゃないか」

「……大公閣下は昨日初めてお会いしたお方です。たとえ私の生物学的な父親だとしても、非常識かと存じます」

「なんて悲しいことを言うんだ！」

そう言うと父は私とブドーシュを一緒に抱きしめる。抵抗する間もなかった。

「君の存在を知ってどんなに嬉《うれ》しかったか！　私に家族ができたんだよ。しかもこんなに可愛い娘が！」

なぜかブドーシュが父に懐いている。昨日は手を咬んだのに。

私がブドーシュを見ていると、父がにこにこしながら昨日のことを教えてくれた。

倒れた私を運んだのはブドーシュと父だった。殿下は父に帰るように促され、王宮に戻ったとのこと。父は魔術で気配を消し、ブドーシュとともに私を寮の部屋まで運んだそうだ。

「でね、私もお腹《なか》が空《す》いたから、食事を持ってきてもらったんだ。私の神獣にね」

私は父の神獣がどこにいるのかときょろきょろと部屋を見回す。

「そろそろ昼食を持ってここに戻ってくるから。その時に会えるよ」

父の神獣もブドーシュのような超大型の猫もどきなのだろうか。

「君の神獣ブドーシュは、お酒が好きなんだね。昨晩はブドーシュと一緒にお酒を楽しんだんだ。ブドーシュという名前だけど、蒸留酒の方が好きみたいだね」

父に簡単に買収されたブドーシュを私が非難がましく見ると、ブドーシュは耳を伏せて申し訳なさそうにした。その姿が可愛くて思わず笑ってしまう。

「いいわ許してあげる、ブドーシュ。私ではお酒を買ってあげる余裕はないもの」

私がブドーシュの頭を撫でると、ブドーシュは二本の尻尾を振った。

「ああ、昼食が届けられたようだ」

窓をコツコツ叩《たた》く音がして、父が窓を開けると、ラタンで編まれた籠を足で掴《つか》んだ鳥がいた。鷲《わし》に似ているが、鷲より大きく、そして雪のように真っ白な鳥だ。父に籠を渡した後、鳩《はと》ほどの大きさになり父の肩に止まった。

「これが私の神獣。名前はあまり言いたくないいんだが、ポッポという。一度名付けると変更ができないんだ。神聖な契約だからね。私は早熟でね、三歳になる前に名付けてしまった。だから仕方ないんだ」

父は早口で捲《まく》し立《た》てた。余程ポッポという名前が恥ずかしいのかもしれない。

「ポッポ、お食事を届けてくれてありがとう。ふふ、可愛いわね」

私がポッポの背を撫でると、ポッポは目を細めて気持ち良さそうにする。

そして気付いた時には、私はすっかり父のペースに飲まれていたのだった。

すっかり打ち解けてしまった私は、昨日母から聞いた邪力や魔族のことを伝えると、魔族の種以外の話は既に父は知っていた。心配しなくていいと言いながら、父が優しくポッポを撫でると父の掌《てのひら》から発する銀色の光がポッポの身体《からだ》に流れて入っていく。不思議な光景だ。

「神獣とは、大きさを変えることができるのですか？」

ポッポが小型化したことから、もしかしたらブドーシュも大きさを変化させることができるかもしれない。私はブドーシュを撫でながら父に聞く。

「変えられるよ。ブドーシュはまだ魔力が足りないんだね。君の魔力を与え続けたら飽和し、余った魔力で大きさを変えられるようになる」

「まあ！　ブドーシュ、これからも一緒に寝ることができるわね！」

私はブドーシュを抱きしめる。ふわふわでもふもふのブドーシュは最高だ。

「いや、でも一旦飽和しなければならないんだ。その神獣は恐らく更に大きくなる。この部屋の四分の一程度の大きさになるだろう」

「そんな！　ブドーシュを野宿させるわけにはいきません」

「うん、そうだね。だから私のところに来るといいよ」

私はブドーシュを見つめた。この部屋の四分の一……。

「その時はブドーシュのことをよろしくお願いいたします。私、毎日大公閣下のお屋敷にブドーシュに魔力を与えに参ります。ブドーシュが小さくなれるようになるまで、お世話になりますが、どうぞどうぞ可愛がってやってください。私の大切な友だちで家族なのです」

「いや、アシュリーも一緒にくればいいと思うんだけど」

私は首を横に振った。

「私は書類上では父のいない平民でしかありません。母も私が平民として生きていくことを望んでおりますし、私自身も平民でありたいと思っております。ですから、ブドーシュだけお願いいたします。神獣というのは、蔑《ないがし》ろにされない生き物なのですよね？」

私はそもそも神獣がなんであるかを知らなかった。

「クリスからは何も聞いてないの？」

クリスとはクリストファー王太子殿下のことだろう。

「私の神獣に関しては詳しくないとおっしゃっていました」

「だとしても、神獣自体については教えてやれるだろうに。まったく……」

父はため息をついた後、神獣について説明をしてくれた。

神獣は王族またはそれに近い者に現れやすい眷属《けんぞく》で、名付けることでその関係が成立する。今代で神獣を従えているのは国王陛下、王太子殿下、父、そして私だけらしい。

ブドーシュは神獣の中でも大きな姿をとる二尾の虎獅子《じし》、ティグリレオという種類なのだそう。

ちなみにポッポは三本の脚を持つ鷲鳩、アクイコルムという神獣である。確かに脚が三本ある。

「殿下にも神獣がいるのですか？」

「クリスにもいるよ。大体ポケットに入っている」

「ブドーシュがそんなに小さくなったら、潰さないか不安だわ」

私はブドーシュに向かって呟《つぶや》くと、父は笑った。

「クリスの神獣は元々小さいんだ。そのうち見せてもらうといい」

「いえ、恐れ多いので遠慮します。そもそも私は平民の前に罪人ですし」

倒れて、起きたら父である大公閣下がいて、すっかり忘れていたが、私は近いうちにお縄になるのだった。

「あの、もし私が処刑されたらブドーシュのこと、お願いできますか？　この子のことだけが心配なのです」

私はブドーシュを撫でながら父に頼んだ。

「何のことだかさっぱり分からないが、君を罪人にさせたりはしない。どんな大罪だってパパが握り潰すから安心して」

父は笑顔でとんでもないことをさらりと言う。やはり貴族は違う。

「そんなこともなげにおっしゃらないでください。殿下には私が公爵家に入れば犯罪行為に目をつぶってやると言われましたが、それは殿下に屈するようで嫌なのです。ですから私は平民のまま罪を償うと約束しました」

「クリスと約束したんだね。ふむ。しかし、クリスは馬鹿だな。アシュリーに嫌われているじゃないか」

父が私の顔をじっと見つめる。

「それにしてもアシュリーはセシリアとは全然違うんだね」

セシリア、母の本当の名前だ。

「母はどのような人だったのですか？」

父は一瞬顔を歪《ゆが》めた。

「運命の女だよ。囚《とら》われてしまう。そんな女だ」

「……それは魔力と関係はあるのでしょうか？」

「いいや、無関係だ。彼女には魔力はない。魔力はないんだが、人ならざるモノを従える力があるようだ。……彼女はこの世で一番特別な存在なんだ。彼女の手が私に触れ、そして口付けをされた時、私は自分を抑えることができなかったよ」

母の心情はさっぱり分からないが、おっとりしているようで意外と積極的だったようだ。エリオットの話とは大分異なる。悲劇のか弱い姫様は存在しなかったのだ。

「今も母のことを愛しているのですか？」

「会ってしまったら、そして、また触れられたら、同じ罪を犯すだろうね。だから二度と会うつもりはないよ」

「……お酒か麻薬みたいですね、母は」

「ああ、極上の麻薬だよ」

昨日の話しぶりからして、母は罪の意識を持ったことがないようだ。本当のところは分からないけれど、そう思う。

きっと母にとって、人も石も同じ価値しか持たない。それでも私の母なのだ。

「今、私は母が酷《ひど》く恐ろしいのです。私が知っていたはずの優しい母ではなく、化け物のように思えるのです」

父は黙り込んでしまった。愛した女性のことを、その娘が化け物だと言ったからだろうか。不安になって父を見ると心配するなというように微笑《ほほえ》む。

「セシリアは人間ではなく、気まぐれな妖精に近いんだと思うよ」

「妖精ですか？　母には妖精が視《み》えるようですが、実在するのですか？」

「するよ。私にはその存在を感知することはできるが、その姿をはっきりと視ることはできない。君には視えるのではないかい？」

私はそんなもの見たことがないので、首を傾《かし》げる。

「お化けや幽霊は見たことあるかい？」

幼い頃、お化けを見たといったらエリオットに嘘《うそ》をついてはならないと叱られたことがあり、それ以降、そういったものを見てもすべて幻覚だと自分に言い聞かせていた。幻覚でないことは知っているが、とにかく無視をし続けている。

「あります。ごくたまにドロドロしたものや、異形のものを」

「多分、それが彼女のいうところの妖精だよ」

あれを妖精だという母は、私とはまったく違う感性の持ち主のようだ。私が絶句していると、苦笑しながら父が昼食を勧めてきた。

「お腹空いたでしょ？　君がこれ食べたら、私は一旦屋敷に戻るよ」

父が籠からハムとチーズを挟んだ柔らかいパンを取り出して渡すので、私はありがたくちょうだいした。なにせお腹が空いていたのだ。

私が食事を終えると、父はポッポを肩に乗せて帰っていった。またね、と言って。

父が帰った後、私はメガネとカチューシャを装着して、一階の浴室に向かった。突然目の色も形も変わって、髪の毛の色も異なってしまったら、別人だと思われかねないので、学園にいる間はずっと変装しておくつもりだ。それに一平民が貴重な魔術道具を所持していることが知られるのも面倒ごとになりかねないし。

「ブドーシュ、お風呂に入るわよ。大人しくしててね」

浴室が使用中でないことを確認して、ドアに使用中の札を下げてから入る。貴族の寮は男女別だから必要ないかも知れないが、平民の寮は男女共用なのだ。特待生以外の平民の生徒は皆豊かで、王都にアパートメントを借りるので寮には入らない。そして女性の入寮は今までに一度しかなかったので、わざわざ作る必要がないと判断されているらしい。家畜小屋でも雄と雌を分けるので、家畜以下である。

体を洗いながら、私の犯罪だとどの程度の処罰を受けるのだろうかと気になり始めた。本当に死刑なのだろうか。もしかしたら、刑を軽くする方法が何かあるかも知れない。ない可能性が高いけれども、調べる価値はある。絶対に殿下にだけは借りを作りたくない。自力でなんとかしたいと強く思う。

浴室を出ると、ブドーシュに話しかけた。

「ブドーシュ、どう思う?」

無罪になるとは思わないが、何か抜け道があるかもしれない。ブドーシュは「なーお」と答えて、足元に擦り寄る。

私は一旦自室に戻ると、まだ乾ききっていない髪の毛を纏《まと》めて学園の図書館に向かった。もちろんブドーシュも一緒だ。

「やっぱり、また大きくなってるわよね? 扉を通り抜けられなくなる前に、大公閣下に預けないとね」

ブドーシュは首を傾げて「なーお」と上目遣いで返事をする。少し不安そうだ。私もブドーシュとは離れたくはない。

ブドーシュと話しながら、学園の図書館まで歩いていく。休日のため館内は閑散としていた。私は入館手続きをした後、法律関連の書架から平民の刑法について書かれた本や、法律全般を簡単に説明した本を手に取る。

そして椅子に座り、パラパラとページをめくった。

「刑法、窃盗……。窃盗の内容によって量刑は大きく変わるのね」

私はため息をつく。一番軽くて罰金刑、重いと死刑。判例からすると、私は終身刑か死刑だ。国宝級の稀書《きしょ》の窃盗は重い。ちなみに十五歳から成人として裁かれるが、残念ながら私は十五歳である。

頭を抱えていると、ブドーシュが机の上に登って刑法の書籍のあるページを開く。ここを見ろと言わんばかりに。

「ブドーシュ？　ここに何か書いてあるの？」

「なーお」

私はブドーシュが開いたページに書かれた一行に目がいく。

――ただし魔術師は除く

平民の法も貴族の法も魔術師には適用されない。国に多大な不利益をもたらさない限り、罪を犯しても罰金刑で済むようだ。教会で洗礼を受けた際に魔力があることが分かると魔術師になれるよう指導されると、昨日殿下が言っていたことを思い出す。そして魔術師は最高待遇に近い生活が保障されるとも言っていた。

魔術師になるしかない。そうだ、明日にでも教会に洗礼を受けに行こう。そして魔力があると判断さえされたら、魔術師になる道が開ける。

平民アシュリーは魔術師アシュリーとなるのだ！

私は本を書架に戻し、早歩きで図書館を出る。夏が近いため、まだ明るい空が私を祝福しているように思えてくる。

殿下に手を貸してもらわずとも、私は助かるかもしれない。

その時、空から友だちのカラスが舞い降りてきた。ブドーシュが威嚇しようとするので、それを制してカラスに声をかける。

「こんにちは、カラスさん。私ね、魔術師になることにしたの」

私は寮に帰る道すがら、カラスを肩に乗せて今までの話をする。誰かに話すと、考えが整理されて目的や手段などが明確になる。たとえ相手がカラスだとしても。

カラスは私が話していることが理解できているかのように「かぁ、かぁ」と鳴きながら頷《うなず》く。一方のブドーシュはカラスを虎視眈々《こしたんたん》と狙っているので、ブドーシュが手を出さないように注意しながら、カラスにすべてを話した。

「話を聞いてくれてありがとう、カラスさん！」

カラスは返事をするように一度旋回して空高く飛んでいった。私の方はあと少しで寮に着く。

その時、同じ寮のモジャ先輩から声をかけられた。

「アシュリー、カラスが友だち？」

「はい、友だちです」

「……」

「……」

会話は続かなかったが、声をかけてもらえて嬉しかった。もう存在を無視されることはないのだ。

モジャ先輩はこれから友人の家に行くとのこと。あの寡黙な先輩は何を話すのだろう。そして会話は成立するのだろうか。

　そんなことを考えながらメガネをくいっと指で上げて寮を見上げる。すると屋根に大きな白い鳥が止まっていた。ポッポである。私は急いで自室に戻り、ポッポを窓から部屋に入れると、ポッポは父からの手紙を私に渡した。

　内容は明日からブドーシュを預かるというもの。そう、すでにブドーシュは寮の出入り口を通るのがギリギリの大きさなのだ。廊下も余裕がなくなっている。数日後には出入りができなくなるだろう。

　私は明日、教会に行くつもりなので、その帰りに大公閣下の屋敷に寄るとしたためた手紙をポッポに渡すと、ポッポは目を細めて私の手にクチバシでキスをした。なんだかとても貴公子な神獣である。そして貴公子なポッポはまだ湿り気を帯びている私の髪をほどき、美しい白い羽を一振りして完全に乾かしてくれた。神獣がもつ力というのは凄《すご》く便利だと感心してしまう。いつかブドーシュも覚えて欲しいなと言うと、ブドーシュは耳を伏せて目を逸《そ》らした。

「ごめんね、ブドーシュ。誰にでも向き不向きはあるわ。おまえにはおまえにしかできないことがあると思うの。だから気にしないでね」

　私がそう言ってブドーシュを撫でると、ブドーシュは甘えるように私に抱きつく。その様子をやれやれといった雰囲気で見たポッポは、手紙を携えて窓から飛び立った。

翌朝早くに起きて、手持ちの中で一番小綺麗《こぎれい》なワンピースに着替えた後、メガネとカチューシャをつけて身支度をする。面倒なのだが、それから一階に降りて洗面器にお水を張って自室まで持っていく。人前でメガネを外すことがないように、毎日こんな手間をかけている。本来ならば洗面所で顔を洗えば済むことなのだ。

魔術やエリオットの洗脳から解き放たれると、いかに不合理なことをさせられていたのだろうかと愕然《がくぜん》とする。だからといって、急に日常行動を変えるとおかしく思われるかもしれないので、しばらくは以前と同じように生活を続けるつもりだ。

今日は午前中に王都の中心付近にあるサローナ教の教会にブドーシュを連れて向かい、洗礼を受け終えたら、その足で大公閣下の屋敷に行く予定である。

王都の中心は王宮であり、教会はその王宮の近くにある。サローナ教は、今から約八百年前に預言者サローナを開祖として世界中に広まった宗教だ。原理主義者がほぼいない我が国では、信仰心の有無にかかわらず人生の節目で利用する場所となっている。

教会は祈りの場ではなく、結婚、葬式、祭りなどを行うためにあるといっても過言ではない。基本的に国民の信仰心は薄い。それは世界一の大国であるレナトゥス王国が経済的にも文化的にも豊かであるせいだろう。

我が国の農作物は輸出するほどの収穫高があり、尚且《なおか》つ災害が少なく、医療も科学も発達している。そのため神頼みという行為があまり必要とされないのだ。宗教はもはや伝統文化のような形骸化したものになりつつあった。

今日もその形骸化された伝統の一つである洗礼を受ける子供とその親たちが、教会の中で並んでいる。私もその列に並び、渡された申請書に必要事項を記入する。雰囲気からして、宗教的な儀式とは思えない。

「はい、次の人、おや大分《だいぶん》と年がいっているね、移民かい？　はいはい、名前はアシュリーと、生年月日は――」

受付の中年男性が記入内容に間違いがないか確認すると、次は教会の外にある石造りの四角い建物に移動する。ブドーシュを外に待たせて、その建物に入ると区切りのない広間が一つあり、その一番奥に教祖サローナの母とされる聖母が祀《まつ》られていた。ステンドグラスを背に立つ聖母像は美しい。

洗礼を受けるための列に私も並ぶ。小さな子供たちばかりで恥ずかしいが、魔術師になるためなので仕方がない。洗礼は次から次へと滞ることなく進む。まるで流れ作業のように司祭が洗礼をするので、本当に魔力がある者を察知しているのだろうかと不安になっていると、早々に私の番がきた。

「アシュリーは御子《みこ》サローナにおいて神の御子となった」

若い司祭が短い言葉をかけ、私の頭に軽く杖《つえ》を当てた次の瞬間、彼が大きく目を見開いた。そして、慌てて見習い修道士を呼ぶ。

「ア、アシュリー、と言ったか？　君には特別な祝福が授けられている。この見習いについて行きなさい。よかった、今日は大司教様がおられる日だ」

司祭はそわそわと落ち着きのない様子で、少年と言っても差し支えない見習い修道士の方がよほどしっかりして見えた。

「司祭様、この方を大司教様の元へお連れすればいいんですね。でも、なんでですか？」

「彼女は祝福を持っている。それも特別な祝福なんだ。さあ、余計な口は叩かず、早く連れていきなさい」

司祭はそう言うと、私の後ろに並んで待っていた子供の洗礼を行うために、再び祭壇の前に戻った。

私は見習い修道士とともに先ほど洗礼をした建物から出て、隣にある教会へ向かう。そして正面からでなく、ぐるっと裏に回り込んだところにある扉から教会内に入り、高い天井の回廊を進んでいく。

「ここで待っててくださいね」

座るように差し出された椅子は布張りの椅子で座り心地がよく、やはり私が修理した寮の椅子はいまいちだとぼんやり考えていたら、息急《いきせ》き切《き》った大司教が目の前に立っていた。どうやら走って来たようだ。

「君か、祝福を授かりし者とは」

立ち上がり挨拶をする間もなく、椅子に座ったままの状態で、おでこに何かの鉱物の結晶のような物を当てられた。

「おお！　本物だ！」

大司教は大層興奮しているが、魔力を持った者を見つけると、特別手当てでも出るのだろうか。私がメガネ越しにじっと見ているのに気付いた大司教が咳払《せきばら》いをして、居住まいを正す。

「ああ、すまないね。この教会から魔力持ちが出るのは久しぶりでね。いや、君にはなんのことか分からないか。魔力なんて普通に暮らしていたら、聞かない言葉だからね。魔力がある者は、魔術が使えるんだ。……魔術という言葉も縁がないか」

あたふたしている大司教の話は続く。魔力や魔術の説明を最後まで聞いた後、ようやく私は椅子から立ち上がり挨拶をした。

「大司教様、申し遅れましたが、私はアシュリーと申します。ご説明いただきありがとうございます。私には魔術師になれる可能性があるのですね」

「ああ、そうだとも。今、王国の魔術師長宛に連絡をしたところだ。後日、君が魔術師になれるかどうか調べられるだろう。なれると判断されたら魔術師として登録される」

魔術師とは教会に帰属するものなのかという私の質問には、教会は王国から魔力持ちを探すという役割を与えられているだけだという。だから今後も用がない限り、教会に足を運ぶことはないようだ。

　これで犯罪者として裁かれる前に、魔術師として素質があることを証明できるだろう。恐らく処刑は免れた。

「ああ、君は幸せそうな顔をしているね。君に御子サローナの祝福を」

　大司教が私のために祈ってくれた後、お礼を言って教会を後にした。足取りも軽やかに、ブドーシュに小さな声で話しかける。

「次はラトランド大公家に行くわよ」

　ブドーシュが元気よく「なーお」と返事をするので、不自然に見えないようにブドーシュの頭を撫でる。ちょっと手を振っているようにしか見えないはずだ、多分。

　教会のある王都中心から貴族街がある方に進む。もちろん徒歩だ。高級な店が並ぶ通りを抜けると、お屋敷がある区域に入る。

「ブドーシュ、かなり歩くことになりそうね」

　下町と違い、お屋敷のある敷地は広くお隣同士でもかなり距離がある。目的地のラトランド大公家はこのまままっすぐ進んで四つ目のお屋敷だが、これらのお屋敷がそれぞれ広すぎてなかなか着かない。

「遠いわね……」

　私は帽子を深く被《かぶ》り直して、メガネをくいっと上げ気合いを入れた。

父のいる屋敷前に着いた頃にはお昼も大分過ぎていた。私は門番に声をかける。

「ごめんください。私はアシュリーと申します。本日、ラトランド大公閣下とお会いする約束をしております」

門番の男は私を一瞥《いちべつ》すると、犬を追いやるようにしっしっと手を払う。

「書状もないのにここを通すわけにはいかん」

確かに平民風情が大公と会うなんておかしいと思われても仕方ないが、とりあえずブドーシュだけは預かって欲しい。どうしたものかと思案していると、ポッポが屋敷から飛んできて、くるっとまた屋敷に戻ったと思ったら、父を連れてきた。

父は手を振りながらもの凄い勢いで走ってきて、私に向かって叫ぶ。父は尋常じゃない速さで走っているようで、声が高く聞こえる。

「アシュリー！　よく来たね！」

私の元に着いた時は、昨日と同じ声の高さに戻っていた。魔術師になると速く走れるようになるのだろうか。

私が父の走りに見入っている一方で、父の様子を見た門番は顔色を真っ青にして私に頭を下げ謝っている。この訪問は書状を持っていない私も悪いので気にしないでほしいと言うと、ほっとした顔をしていた。門番が簡単に不審者を入れるわけにはいかないのだ。

「ごめんよ、まさか歩いてくるとは思わなかったよ。それならばパパが迎えに行ったのに」

父は眉を下げて私に言う。母が公爵家に戻ったから私にも金銭的な余裕があると思ったのかもしれない。しかし、母は今後私と会うつもりはないようだ。親子といえども身分が違うからしいが、そんな風に考える母が少し恐ろしい。母に母性はないのかもしれない。

「教会で洗礼を受けてからこちらに参りましたので、寮からずっと歩きっぱなしというわけではありません。どうぞお気になさらないでください」

「君は遠慮しすぎだ。パパに甘えていいんだよ」

そう言うと父は私をエスコートしようとしたが、それをどうにか拒んで斜め後ろを歩く。門から大分遠くの位置に屋敷があるが、あの距離を凄い勢いで走ってきた父は、とんでもなく体力がありそうだ。

「こんな可愛い娘と一緒に歩くことができるなんて、夢のようだよ」

今の私はブスメガネ姿で、決して可愛くはないと思う。父の目は大丈夫だろうか。父の肩に止まっているポッポを見ると、ポッポも父の言葉に頷いている。

「……もしかして、私のメガネが壊れておりますか？」

考えられるのはメガネの故障だ。私の顔は母に瓜二つ《うりふた》なのだから、醜くはないはずだ。いや、瓜二つと言っても、もしかして母とは微妙に目や鼻の配置が違っていて、実はブサイクなのかもしれない。こんなことは今まで考えたこともなかったが。

「いや、壊れてないよ。随分としっかりした魔術道具のようだからね。これを作った魔術師の尻尾

をようやく摑めそうになったのに、また逃げられたんだ。ごめんね、アシュリー」

私は首を傾げた。

「どうして大公閣下が謝罪なさるのですか？」

「私は君のパパだぞ。娘を苦しめた魔術師を捕まえられなくて情けないよ」

「……そもそもその魔術師の罪とはなんでしょうか？　エリオットから依頼を受け、それに応じた。それが罪になるのですか？」

「魔術師が個人的な依頼を受けるには、国王もしくは国王が指定した代理人の承認が必要なんだ。それだけ魔術は厳重に管理されているし、それを破れば制裁が与えられる。魔術師は特別扱いされるが、魔術の使用に関しては厳しい制約があるんだ」

私は早まったかもしれない。最高待遇に近いものを得られるだけあって魔術師という立場はなかなか面倒そうである。

「さあ、あと少しで着くよ。昼ごはんは食べたかい？」

「いいえ。でもパンを持ってきております」

「そのパンは明日の分にして、一緒にお昼を食べよう」

「いえ、今日はブドーシュを預けにきただけですし」

「ああ、もう、本当に可愛いな、アシュリーは！」

このやり取りのどこが可愛いというのだろうか。まったく理解できない。

「そのメガネ取っちゃって。その髪飾りも。あの魔術師が作ったと思ったら、腹が立ってきたよ。パパが新しいのを作ってあげるから！」

確かに犯罪者の作ったメガネはダメだろうが、父が私に作るのも国王の承認が必要になるはずだ。個人の依頼で魔術道具を作ることになるのだから。そもそも、必要のないメガネの作製の許可は下りるのだろうか？

「君たち、取っちゃいなさい」

父の言葉を受けて、ブドーシュとポッポが私からメガネとカチューシャを奪う。ブドーシュは不器用なのでメガネを飛ばした。壊れては困る。

「学園では今まで通り装着しないと、私だと認識してもらえなくなるので、壊されると困ります。装着しないと別人のようになりますから」

「確かに君は美しいから隠しておいた方がいい。でもその魔術道具は気に入らない。……仕方ない、パパが新しいメガネと髪飾りを作るまでそれを使用していいよ。でもこの屋敷では使用禁止。いいね」

メガネとカチューシャがなくても、困ることがあるわけでもないので承知した。

「メガネがない方が、空が美しく見えるでしょ」

父の言葉に従って、私は空を見上げる。

青い青い空に吸い込まれそうだ。

「はい。メガネを通さないで見たほうが綺麗《きれい》に見える気がします」

私の返事に満足そうにする父は、父を追いかけてきた使用人たちに私を紹介した。彼らは顔を真っ赤にして汗を流して息切れをしている。

「私の娘のアシュリーだよ！」

父がそう言うと、私に向かって使用人たちは恭しく頭《こうべ》を垂れる。私はそれを否定するために、首を横に振る。

「私は認知されておりませんし、平民ですので、どうか普通に接してください」

使用人たちの畏った態度に私はあたふたしてしまう。平民として生きた経験しかないので、こういうのはまったく慣れてないのだ。

「認知はしたいんだが、セシリアの承諾が得られないんだ。セシリアの弟のヒューバートに頼んでいるんだが、彼女は頑《かたく》なに拒否しているらしい。私が彼女に直接会って話をすべきかもしれないが、昔の二の舞にならないとも言えないし……」

「私が平民の家名を持たないアシュリーではだめでしょうか？」

「ダメじゃないよ！　パパはどんなアシュリーでも大好きだよ！」

会ってまだ三日目だというのに、親としての愛情が凄《すさ》まじい。そして、母の愛しているという言葉の軽さがだんだん露《あら》わになってくる。

「大公閣下は神獣ブドーシュを預かってくださる篤志家で、私はその神獣ブドーシュに魔力を与えるために毎日こちらに伺わせていただいている飼い主。そういう関係でよろしいのではないでしょうか？」

「パパはいやだな。すごくよそよそしい関係みたいで。でも今は書類上はなんの関係もないとされているし、我慢するよ」

ようやく屋敷に入った私は、すぐに食堂に通された。私は使用人にお嬢様のような扱いをされ、戸惑いつつも母の教えを思い出し、それらしく対応する。

食前酒を飲みながら、父がにこにこと話しかけてきた。

「アシュリーが好きな食べ物って何かな？」

父は随分とご機嫌な様子だ。

「お肉が沢山入ったシチューに、ふわふわの白いパン、そしてワインにプディングです」

死ぬ前に食べたいと思った食べ物だ。

「そうか。今度用意しとくからね。沢山お食べ」

父との昼食は私をとても幸せな気分にさせた。一人ではない食事はとても楽しいものだ。私は久しく誰かと食事をともにしていないから尚更《なおさら》だった。

食事を終えた後にブドーシュの世話について説明をするつもりでいたが、神獣のことは父の方がずっと詳しい。逆にブドーシュのことを教えてもらうことになった。そして、ブドーシュの現れ方があまりに不自然であるという話になった。ブドーシュは何者かに封印され、閉じ込められていたのではないかと父は言う。

「封印がどのようなものか分からないのですが、ブドーシュは誰かに閉じ込められていた可能性があるのでしょうか？」

「あまりに不自然なんだ、君たちが出会った場所や時期からしてね。普通ならば、主がこの世に生まれ出《い》でたら、神獣自らが主の元に出向き近くで見守るはずなんだよ」

そう言われても首を捻《ひね》るしかない。大体、出会った時はブドーシュのことは仔猫《こねこ》だと思っていたくらいなのだから。

「神獣を封印なんてできるものなのですか？」

「……心当たりはあるが、今の私には打つ手がない」

「もしかして母が封印したのではないかとお考えですか？」

父は目を伏せて、黙った。

「母は私に平民であって欲しいようなのですが、それにも何か目的があるのではないかと、今では疑っております。母は人ならざるモノと親しいので、ブドーシュを封印することも可能だったかもしれません」

私はまた母に会って話を聞きださなければならないが、そもそも会ってくれるかどうかも怪しい。たとえ母と会えたとしても、素直に話してくれるとは限らない。母だけでなく、エリオットにも面会して話を直接聞きたい。何か知っているはずだ。

「明日からまた学園が始まりますので、ブドーシュのこと、どうかよろしくお願いいたします」

私が頭を下げると、父はその頭を撫でた。

「うん。パパができることはなんでもするからね！」

「ブドーシュのことだけで十分助かっております。……あ、そうでした。本日、洗礼を受けて、魔力ありということで、魔術師としての適性があるかどうかを調べていただくことになりました。適性があれば魔術師になるつもりです」

動機が処刑から免れるためとは言え、何度か魔術を目の当たりにすれば、魔術自体に憧れを抱いてしまう。

「私には連絡がきてないよ？」

「どうして閣下にご連絡が？」

その時、執事がすっと手紙とペーパーナイフを載せた銀のトレーを差し出した。

「先程、旦那様が受け取りを拒まれた書簡でございます。重要だと申し上げましたが、後でよいとおっしゃられて」

父がその手紙をペーパーナイフで開封し、中身に目を通す。

「うん、確かにアシュリーは魔力ありと認定されているね。じゃあ、これからパパが先生になって指導することになるよ！」

「あの、私に魔術師としての適性があるかどうかは調べなくてもよろしいのですか？　そんな勝手に決めてもよろしいのですか？」

「適正は十分すぎるほどあるよ！　大丈夫。パパは魔術師長だからね」

父の軽い返答に、本当に大丈夫なのかと不安になる。

「今更なのですが、閣下は魔術師長なのですか」

「そうだよ、パパは魔術師長をしているんだ」

どうだと言わんばかりに胸を張る。確か、母を聖女にしないために工作をした罰で、一生魔術師として国のために仕えねばならない身の上のはず。こんなにも色気たっぷりの美男子なのに子供を作れない体にされて。

なぜこんなにも明るく幸せそうなのだろうか。

私の沈黙から何かを読み取ったかのように、父がにこにこして話す。

「パパは魔術師として生きていくことに誇りを持っているよ。最初は道を踏み外した王弟の自分にちょうど良い罰だと思った。愛する女性に去られて絶望しかなかったから、自己憐憫《れんびん》に浸っていたんだ。でもこの生き方も悪くないんじゃないかと思うようになってね」

でも去勢されたのは辛《つら》かっただろうと思う。多分。

「今はアシュリーに魔術を教えられることになって本当に嬉しいよ！　魔術師長をしていてよかった」

私が鬼畜だと聞かされてた父は、愛に狂い狂わされた男だった。しかし、この父から与えられる肉親の愛とは、なんと真《ま》っ直《す》ぐなのだろう。

「私も閣下が魔術師長で良かったです」

父が破顔する。色気よりも慈愛に満ちた笑顔だ。

「じゃあ、早速明日から王宮にある魔術師の研究所である研究塔で訓練しよう。王宮までの送迎は魔術師候補ということで、国から手配されるし、給金も支払われる」

「学びながら、お給料がいただけるのですか？」

「そうだよ。そんなことしなくてもパパがお小遣いあげたいんだけどね。アシュリーは頑固だから受け取らないでしょ」

魔術師になれば、窃盗犯に加担した罪も軽くなるし、お金も稼げる。就職にも困らない、というか正式に魔術師になれば、それが職になるのだ。

この三連休は本当に目まぐるしい日々だったが、色々な問題が解決した。その代わりに多くの疑問も湧いてきたが。

私は窓から差し込む夕日を目にして、父に暇を乞うた。ブドーシュには父と話をしている間に魔力をあげたので、今日はもう餌は必要ないだろう。

「ブドーシュ、また明日ね。いい子にしているのよ。早く小さくなれるようになってね。じゃないと私、寂しいもの」

私がブドーシュに抱きつくと、「なーお」と少し寂しげに鳴いた。離れたくないなと思うが、狭い寮に置いておくわけにはいかない。

「閣下、なにとぞよろしくお願いいたします」

何度もブドーシュのことを頼むので、父は苦笑いをする。そして私があまりにも寂しそうにしたせいか、父が寮まで送ってくれることになった。馬車が走りだすと、ブドーシュが屋敷の門まで追いかけてくる。私は窓から顔を出して、ブドーシュにまた明日と言った。

「寂しい……」

私がそう呟くと、隣に座る父が優しい顔をして頭を撫でてくれる。

大公閣下が父でよかったと密《ひそ》かに思うのだった。


翌日から再び学園が始まった。私はいつもと同じように、魔術道具のメガネとカチューシャをつけて髪を三つ編みにして校舎に向かう。

騒動を起こしたエミリー様や第二王子殿下、その他の高位貴族の子息たちは謹慎処分のため学園にはおらず、心なしか平穏な雰囲気だ。

「平和だわ……」

こっそり呟いたら、隣の席の人がこちらを睨《にら》む。

「ブスメガネ、うるさい」

「……申し訳ございません」

エリオットから教えられたまじないの言葉『隠者になりたき者の魔術』を唱えなくなったため、私の存在が認識されるようになったのだ。

今まで独り言を呟いても誰も気にしなかったのに、今ではこの通り気付かれてしまう。そしてその独り言を言ったのが平民で特待生のブスメガネの私だと分かると、こういった対応を取られてしまうのだ。

もしここにブドーシュがいたら、きっと一人で目に見えない動物と戯れているような奇妙な行動をするブスメガネだと思われたことだろう。今までは誰からも気付かれないからと気が緩んでいたが、これからはそうはいかない。意識的に目立たないようにしないと。平民の特待生が目立っても何もいいことはない。

授業が始まれば、私がいの一番に当てられた。

「アシュリー、特待生の君ならば簡単に訳せて当然の問題だ。君は皆の善意で学園に通っているんだからな」

この貴族階級の教師は、平民に対して横柄な態度を取っていたが、どうやら自費で通えない特待生に対しては更に見下すようだ。今まで私は存在を認識されてなかったから、こんな教師だとは気付かなかった。ちなみに特待生に対しては王国の国費から費用が出されており、学園生の家からの寄付金が充てられることはない。

「はい。その古語の現代語訳は――」

私はどうにか答えたが、古語は第一学年では習わない。たまたま詩の中の一文に古語があり、教師はそれを解説した後に、黒板に古語を使った文章を書いて私に答えさせたのだ。明らかに嫌がらせだ。

「乞食《こじき》のくせに」

私が答えられたことに不満げな教師は、小さな声で吐くように言った。

しかし、悪いことばかりではない。教室や廊下を移動しても、人にぶつかることがなかった。今までならば、そこにいると気付かれずにぶつかってきたのだから。そして私が倒れてようやく私の存在に気付くのだ。

ぶつかることがなくなっても、認識されなかった時の方が気楽だった。友人のいない平民で特待生のブスメガネとして学園に通うのは結構辛い。

憂鬱な気持ちで、憩いの場所であるゴミ捨て場の裏にお昼を食べに行く。

「こんな時に、ブドーシュがいないのは寂しいわね」

一人で食べる食事は寂しい。尻尾を振ってまとわりつくブドーシュがいないのが、こんなに心細いとは。

私が黒パンを取り出して食べようとした時に、草を踏む足音が聞こえた。顔を上げると、クリストファー王太子殿下と従者のジェラルド様の二人がこちらに向かってきている姿が目に入る。そして、当たり前のように殿下が私に話しかけてきた。

「一人か？」

私は切り株から立ち上がって、膝を折り頭を下げる。私は何も喋《しゃべ》るつもりはないし、なにより殿下とは話をしたくない。そもそも相手は王太子殿下で私は平民だから、私ごときが口を利いていい方ではないのだ。我ながら、これは良い言い訳だと思う。

「ああ、そういうのはやめてほしい。普通に接してくれ。学園といえども、こんなところには誰も来ないだろ？」

私は顔を上げずに首を横に振った。さっさとどこかに行ってくれないかなあ、食事の続きをしたいのにと心の中で呟く。

しかし殿下の話は続く。

「おまえの処分だが、気にすることはない。犯罪に加担したといっても、おまえは何も知らなかったんだろう？　エリオットの調書からも、それは明らかだ。あいつがおまえに仕事を斡旋《あっせん》したことも分かっている。心配するな。少しからかい過ぎたんだ。悪かったと思っている。すまん」

少しからかい過ぎたという言葉を聞いて、私は怒りでどうにかなりそうだった。私は処罰を軽くするために魔術師になると決めたのに、そんな必要なかったわけである。

人を散々振り回しても、王太子だからいいのか。身分が違うからと理解はしているつもりだったが、やはり理不尽ではないか。

「いや、あそこまで脅せば、おまえも公爵家に籍を置くかと思ったんだが……」

その時、「かぁー」という鳴き声がして顔を上げると、私の友だちのカラスが急降下して殿下の頭を突いた。

「カラスさん！」

私はカラスが殿下や殿下の従者ジェラルド様に殺されるのではないかと思わず叫ぶが、カラスは華麗にジェラルド様の攻撃を躱《かわ》し、空を旋回する。

「カラスさん、ダメよ！」

「……このカラスはおまえのなんなんだ？」

「私の大切なお友だちでございます。殿下はカラスさんも処分すると脅されるのでしょうか？」

私はメガネ越しに殿下を睨みつけた。

「いや、俺はそんなつもりはない。そのカラスはおかしいぞ、ただのカラスでは――」

殿下の言葉を最後まで言わせずに、カラスが殿下の頭を狙って突こうとする。

「アシュリー様！　カラスを止めてください。恐らくそのカラスはカラスではありません」

ジェラルド様がよく分からないことを言うが、とりあえずこれ以上カラスを放置するわけにもいかない。

「カラスさん、私は大丈夫だから、ね。ありがとう、カラスさん」

カラスは不満げに「かぁー」と鳴きながら、私の肩に止まった。

「殿下、アシュリー様が困っておられます。どうぞ校舎にお戻りください」

さすがジェラルド様、気遣いができるお方だ。さあ、殿下、こんなうら寂しいところから去ってくださいと念じる。

しかし、私の思いとは裏腹に殿下はこの場から動かず、私の顔をじっと見つめて真面目な顔をする。

「いや、この間は本当に俺が悪かった。それだけはどうしても伝えたくて。ほらあの日、すごく顔色が悪かっただろう？　おまえの顔を直接見て謝りたかったんだ。おまえは青ざめて倒れてしまったんだから。俺のせいで、気を病ませてしまった」

殿下からの謝罪には驚いたが、許せそうになかった。確かに魔術師になるきっかけにはなったけれども、それとこれとは別だ。

一平民の私は、殿下を許すとか許さないとかいう判断をしていい立場ではない。是とする以外に選択肢はないので、私は俯《うつむ》いたままその言葉を聞いた。

「殿下、時と場所を考えてアシュリー様に謝罪すべきかと。まずは手紙をお出しになるべきでしたね。アシュリー様のご都合も聞かずに、急に謝られてもご迷惑でしょう。おかわいそうに」

何も喋らない私に代わって、ジェラルド様が殿下に話した。

「ジェラルド、おまえ俺に対して冷たいぞ」

「殿下があまりにガキすぎて、私も少々呆《あき》れております」

二人のやり取りは気やすい。恐らく、二人きりの時はいつもこんな関係なのだろう。しかし、私が二人の気さくな関係を知っていいのかは疑問だ。

「アシュリー様、休憩中にお邪魔をして申し訳ございません。さあ、殿下戻りますよ」

「いや、俺は――」

その時、複数の足音が聞こえてきた。私の肩に乗っていたカラスが飛び立つ。

「クリストファー殿下、こちらにいらしたのですね。探しましたわ」

やってきたのはシャーロット様と三名の女子生徒だった。その姿をみとめた私は黙って彼女たちに軽く頭を下げる。

「やあ、シャーロット。こんなところまで来て、何かあったのかい？」

殿下が爽やかに笑みを浮かべてシャーロット様に答えた。あの女子生徒が憧れる王子様の笑顔である。私にとっては胡散臭《うさんくさ》い笑顔でしかないが。

「クリストファー殿下に先日のお礼をと思いまして。それにしてもこんなところで、何をなさっていたのですか？」

先程から、二人はこんなところ、こんなところと言うが、ここは私の憩いの場なのだ。まったく失礼である。私が密かに怒っていると、シャーロット様が私の存在に気がついた。

「あら！　あなたは、先日の証言をしてくださった方ね」

シャーロット様がにっこりと微笑むので、私は膝を軽く折って礼をする。

「皆様、この方が私を助けてくださったのよ。エミリー様と偶然会う時は、なぜだかいつも二人きりだったでしょう？　だから誰にも証言してもらえないと絶望してましたのよ」

毎回、そんなにも都合よく二人きりになるものだろうか。エミリー様の邪力だけでなく、ほかの何らかの力も及んでいるのかもしれない。

父から聞いたところによると、今回の学園でのエミリー様の邪力による婚約破棄騒動は、黒幕を引っ張り出すために泳がせた結果だそう。本質的な問題を解決できなかったリリー・オルコットの偽聖女問題に繋《つな》がっている可能性があるため、今回の黒幕を捕まえたかったらしい。

そして第二王子殿下を担ぎ上げる勢力も邪魔になってきていたため、ついでに片付けるつもりだったと父は言っていた。ついでというあたりが怖い。

「さあ、顔を上げてちょうだいな。あなたのお陰でしてよ。ごめんなさいね、私、あなたに何もお礼を用意してませんの。そうね、ではこれを受け取ってちょうだい。まだ使ってないから安心なさって」

シャーロット様は私の手を握り、ハンカチを渡した。

「私が刺繍《ししゅう》したものなのよ」

今の彼女の綻ぶような笑顔はとても素敵だが、いつもは淑女の仮面をつけているのだ。貴族令嬢は大変だとつくづく思う。

「私には勿体無《もったいな》いものをありがとうございます」

私がお礼を言うと、シャーロット様のお友だちの方々が私を睥睨《へいげい》して口々に喋り始める。

「あなた、平民なのだから弁《わきま》えなさいね」

「そんなことしたら調子に乗りますわよ、シャーロット様」

「汚らわしい者の手に触れるなんて……」

私が黙って俯くと、シャーロット様は彼女たちを窘《たしな》めた。

「あなたたち失礼だわ。口を慎みなさい」

すると彼女たちは不満を露わにする。

「まったくシャーロット様はこんな平民にまでお優しくて」

「だからエイミー様も図に乗るんですわ」

「そうですわよ。シャーロット様がそのようでは、けじめがつきませんわ」

どんなに綺麗に装っていても口から出る言葉が醜悪だと、醜く見える。無責任にシャーロット様を責める彼女たちに不快感をもったのは私だけではなかった。

「君たち。シャーロットの優しさは美徳だよ。女性は優しいのが何よりも好ましい」

殿下がキラキラした作り笑顔でそう言うと、彼女たちは顔を真っ赤にした。一方の私は誰でも優しい方がいいに決まっているではないかと心の中で毒づく。

「さあ、君たちもこんなところにいないで、早く戻りなさい。シャーロットも」

殿下が彼女たちを去らせようとすると、ジェラルド様が殿下も帰る時間だと促す。殿下は私の方をチラチラと見るが、私はそれを無視して頭を下げ続けた。

殿下たちがようやくいなくなった後、カラスが私の肩に再び乗ってきた。

「カラスさん、ありがとうね。でも相手は王太子殿下だから、ダメよ」

「かぁー」

「ブドーシュがいなくて寂しかったの。カラスさん、来てくれてありがとう」

「かぁー」

私はカラス相手に、今日から魔術師としての訓練を受けることや、ブドーシュが父のところに預けられていることなどを話しながら昼食を摂《と》る。

やはり話し相手がいるというのはいいものだ。食事を終えた私がカラスにさようならと言って教室に戻ろうとした時に、カラスが私にまた後でと喋った気がした。

幻聴かもしれないが、嬉しくて私もまたねと返したのだった。

【第六章】

授業がすべて終わると、私は学園長室に呼ばれた。私は襟を正して、樫《かし》の木でできた立派な扉をノックする。

「失礼いたします。第一学年のアシュリーでございます」

中からの返事を受けて扉を開けると、そこには太ってメガネをかけた学園長と白いローブを纏《まと》った男性がソファに座っていた。

私がお辞儀をして部屋の中に進むと、白いローブの男性が立ち上がり私の方に近づいてくる。とても背の高い方だ。

「初めまして。あなたを担当することになった魔術師のサイラスです」

私は魔術師だというサイラス様を見上げた後、挨拶をした。

「お初にお目にかかります。アシュリーと申します。どうぞよろしくお願いいたします」

私の言葉にサイラス様は笑顔で頷《うなず》く。褐色の肌に波打つ金色の髪をした美しい顔立ちをしたサイラス様は恐らく二十代だろう。

互いに挨拶を終えると、学園長が私に声をかけた。

「アシュリー君、ここに座りたまえ」

私は学園長の隣の席を勧められ、腰を下ろした。向かいには魔術師のサイラス様が座っており、学園長はにこにこしながら私に話しかける。

「君が魔術師候補になったと学園に連絡があってね。魔術師の訓練を始めるにあたって、学園の授業よりそちらを優先するように指示されているから、今後はそのつもりで頑張るんだよ。大変名誉なことだからね」

「しかし、私は特待生で入学しておりますので……」

いいや、魔術師になるのならば、学園に通う必要もないかもしれない。官吏にならないならば、辞めても問題ないだろう。

「魔術師候補になった時点で授業料は免除されるから心配はいらない。頑張って一人前の魔術師になりなさい」

学園長はそう言うが、私はもう学園を辞める気で満々だった。学園の図書館だけは惜しいけれども、きっと魔術師になれば王立図書館を利用できるだろう。そうなれば、本当に学園に未練なんてない。

「はい、精進いたします」

私がそう言うと、サイラス様は立ち上がった。

「では、今から王宮にある魔術師の研究塔に行きましょう。専用の馬車を用意していますから、明日からは一人で来るように」

「はい」

サイラス様の後ろをついていくように学園長室を退室し、馬車が並んでいる停車場に向かう。貴族専用の停車場なので、この場所に行くのは初めてである。平民用の停車場はもう少し先の別の場所にあるのだ。平民といっても、この学園には金持ちしかいない。そもそも私は馬車に乗ることがないので、平民の停車場にも行ったことがない。

この停車場を利用するところから、魔術師の立場は貴族のそれに準ずると考えていいのだろう。

「さあ、この馬車です」

黒塗りの装飾の少ない馬車である。ただし、停車位置がおかしい。

「この馬車はここに並んで良いのでしょうか？」

私が恐る恐るサイラス様に聞くと、質問の意味が分からないと返ってきた。

「この馬車は王家の紋章の入った馬車の次に並んでおります。よろしいのでしょうか？」

「ああ、いいんです。魔術師は特別ですから。さあ、行きましょう」

馬車に乗り込もうとした時、後ろから声をかけられた。

「アシュリー、君は魔術師になるのかい？」

振り向くと、爽やか王子様仕様の王太子殿下と寡黙な従者のジェラルド様がいた。今日の昼休みに見た二人の気やすい関係が嘘《うそ》のようだ。

殿下の馬車の近くなので、ここに殿下がいるのはまったく不思議ではないが、なにも私に話しかけなくてもいいのではないだろうか。

「さようでございます」

私は静かに頭を下げた。

「ここは学園だからそんな風にかしこまらないでほしいな」

困ったような笑顔で言う殿下に対してサイラス様は素っ気なく返す。

「殿下、アシュリーは急いでいますので、失礼します」

サイラス様はそう言うと、さっさと馬車に乗り込み、私も一礼してそれに続く。殿下の顔を見ることなく、私は去った。

「君はクリストファー殿下と親しいのですか?」

「いいえ、とんでもございません。殿下は非常にお優しい方ですので、平民で特待生の私にも声をかけてくださったのでしょう」

なぜ私に声をかけるのだろうか。やめてほしい。他の生徒に見られたら、平民ブスメガネの癖にと言われるのが目に見えている。ため息をつきそうになるのをぐっと堪《こら》えた。

「サイラス様。魔術師長に魔術道具を外すように申し付けられていますので、外してもよろしいでしょうか?」

「ええ、かまいませんよ」

私がメガネとカチューシャを外しても、サイラス様は驚かなかった。

「学園では外さないのですか？」

「急に顔や髪の毛の色が変わったら驚かれますし、何より平民が魔術道具を持っていたと知られたら面倒なことになります」

「そうですか。その方がいいかもしれませんね」

サイラス様の褐色の肌に白いローブはよく映える。目の色は赤だ。まるでルビーのような輝きと言いたいところだが、ルビーを見たことがないので喩《たと》えられない。とても美しい瞳だ。

「私の目の色が気になりますか？」

見入ってしまったことを指摘されて恥ずかしくなる。

「不躾《ぶしつけ》に見てしまって申し訳ありません。大変綺麗《きれい》だと思いまして」

「そうですか。ありがとうございます」

サイラス様が柔らかく微笑《ほほえ》む姿は美しい。またもや見つめてしまいそうになるので、私は俯《うつむ》いた。

「魔術の指導は私が担当しますからね」

やはり父は魔術師長で忙しいのだろう。それに殿下の師だと言っていたし。

「どうぞよろしくお願いいたします」

私は父が指導してくれないことを少しがっかりして、そして美しく素敵なサイラス様が指導してくれることを少し嬉《うれ》しく思うのだった。

馬車は王宮に入って、西側に向かう。しばらくすると一際高い建物が見えてくる。

「あれが魔術師の研究塔です」

私の想像していた塔とは異なり、随分と太く高い塔だった。

「何階建てなのでしょうか？」

「十一階建てですよ」

サイラス様の説明によると、中に入るには許可証が必要で、魔術師に認定および登録後にその許可証として腕輪が支給されるらしい。支給されるまではサイラス様と共に研究塔に入ることになるとのこと。

サイラス様がつけている腕輪を門にかざすと、一枚の金属でできていると思われた扉の真ん中が開き、すーっと左右に分かれる。私は驚きのあまり口をぽかんと開けてしまった。そんな私を見て、サイラス様は楽しげに言う。

「ようこそ、魔術師の研究塔、別名巨人の足へ」

中に入ると、中心に吹き抜けの二重螺旋《らせん》階段があり、それぞれの階に繋《つな》がっていた。この二つの階段は昇降方向で分かれているらしい。

「とりあえずは君の部屋を案内しましょう」

「私に部屋があるのですか？」

「王都に籍を置く魔術師で、この研究塔に入る資格がある者には最低一部屋は与えられます。レナトゥス王国および属国の魔術師は現在二百四十一名いますが、研究や活動内容によって居住地が異なります。ここ王都に籍を置く魔術師三十四名のうち研究塔を利用できる者は十一名です。君を入れてね」

私の部屋は三階にあるのだそう。昇りの階段の手すりに手をかけた時に、手すりが動いたと思ったら足元の階段も連動して動いた。

「ひゃっ！」

私は驚いて手すりを両手で摑《つか》んでしゃがみ込む。

「すみません、驚いてしまいましたか。これは行き先まで運んでくれるんです。便利なので皆利用しているのですが……」

サイラス様が、しゃがみ込んだ私に合わせて膝をついた。

「ひゃ、ひゃい。大丈夫れす」

正直に言うと怖い。階段が動くなんて想定外だし、おかしいと思う。普通に脚を使って階段を昇ってはならないのだろうか。三階に着くと階段は止まった。

「立てますか？」

サイラス様が心配そうな顔をして手を差し出し、私がその手を取ろうとした時に一階から声がした。

「アシュリー！　我が愛《いと》しの娘アシュリー！　私が学園に迎えに行ったらすでにいないと言われて

ここに来てみれば……！」

私は手すりに摑まってしゃがみ込んだまま父がいる一階に目を向けると、父がスッと私の目の前まで垂直に飛んできた。ここは三階である。

「ひっ！」

先ほどから意表を突かれてばかりで、心臓が飛び出しそうだ。

「あああ、ごめんよ、アシュリー！　びっくりしたよね？」

おろおろする父に、大丈夫だと言いたいところだが、とどめを刺したのは飛んできた父である。

私は力一杯手すりを握った。

「サイラス、なぜ君が私の娘を連れているんだ！　しかもこんなに怯《おび》えさせて」

「いや怯えているのは、どう考えても君のせいでしょう？　普通人間は浮かんだり飛んだりしませんから」

二人が色々と言い合っている一方で、私は驚きすぎて足腰に力が入らない。本当に力が入らなくなることがあるなんて、十五年間生きてきて初めて知った。

「ああ、アシュリーごめんよ」

「じ、じ、時間が経《た》てば、あ、歩けるかと思いますので、申し訳ないのですが、し、しばらくお待ちくださいませ」

すっかり階段の手すりと一体になってしまった。手が手すりから離れないのだ。

その時、またもや一階の出入り口が開いたようだ。私が想定していた研究塔とはだいぶ違って賑《にぎ》やかだ。

「サ、サイラス様、け、研究塔は人の出入りが激しいのですか？」

「いえ、そんなことはないのですけどね」

私がサイラス様に話を聞いていると、隣にいる父が階下に向かって手から何かを放出した様子が窺《うかが》える。一階で何かが壊れ、ゴゴゴという低い音がするので、私は恐ろしくて目を瞑《つぶ》った。一階を見る余裕はない。

なんてところに来てしまったのだろうかと今更ながらに後悔していると、階段からドカドカと誰かが登ってくる音がする。

「おい、大丈夫か？」

恐る恐る目を開けると王太子殿下が目の前にいた。殿下は不安げな顔をして私を見ているが、その表情以上に気になるところが目に入る。

「……どうして殿下の髪の毛がチリチリになって、焦げ臭いのでしょうか？」

いつもの爽やか王子様のサラサラの黒髪が縮毛になっている。

すると父が私の前にしゃがみ込んで、説明を始めた。

「アシュリー、驚かせてごめんね。ちょっとね、パパとクリスは修行をしていたんだ。クリスは油断しがちだから、こういう不意打ちの訓練は大切なんだよ。まあ、クリスはまだまだ未熟でね、この様だよ」

「叔父上、あなたほどの魔力を持った人がなんて大人げないことをするんですか！　それに不意打ちと言っても研究塔でする必要はないでしょう？」

二人の言い合いを聞いていると、大分平常心が戻ってきた。足の震えもおさまり、手すりに摑まって立ち上がる。

「申し訳ないのですが、状況がまったく理解できません。私にも分かるようにご説明いただけないでしょうか」

私が三人の顔をそれぞれ見て頼むと、とりあえず私に与えられた部屋に向かおうということになった。

三階には五室あり、そのうちの一つの扉の前に立つと、サイラス様が説明をする。

「正式に魔術師になると、君自身が鍵となります。登録後は君以外は扉を開けることはできません。ただし、緊急事態の際はこの限りではありませんが」

各階に部屋は三～七室あるそうで、使用されている部屋はどの部屋も登録者しか自由に出入りできないとのこと。これは研究の機密を守るためだけでなく、魔術師本人を守るためでもあるとのことだ。

「では部屋の中に入りましょう」

「……！」

私はその言葉に頷いて入室したが、その部屋に驚いて絶句した。

「ここ、サイラスの部屋の一つだったよね」

父がそう問うと、サイラス様はにこやかに答える。

「そうですよ。私のお気に入りの部屋を女の子向けに可愛《かわい》くしてみました」

「趣味悪すぎるよ！　あり得ない！　アシュリー、心配いらないよ、パパがまともな部屋を用意するから！」

「失礼な！　美しいものを集めた部屋ですよ」

私にあてがわれた部屋は、キンキラで目が潰れるかと思うほど煌《きら》びやかだった。内装も調度品も金色と銀色を基調とし、それに鮮やかに光る玉が施されている。金色の本棚なんて初めてお目にかかった。銀色の机も。

「サイラス様。お部屋を用意してくださってありがとうございます。大変嬉しいのですが、私には不相応かと存じます。私は平民として育ちましたので、このような煌びやかな部屋ですと落ち着きません」

こんな目に優しくない部屋は嫌だ。

「そうですか……。遠慮しているわけではなさそうですね。残念ですが、他の部屋を用意しましょう」

サイラス様は明らかにがっかりしていたが、私は心からほっとした。

「賢者様、さすがにこの部屋はないですよ。悪趣味にも程がある」

殿下が呆《あき》れたように言うが、賢者様とはなんのことだろうか。私はサイラス様を見上げて、首を傾《かし》げてしまう。

「ああ、私は賢者の称号を得ている魔術師なのです。ですから、魔術師たちは賢者と呼びますね。メイナードは昔馴染《むかしなじ》みですので別ですが」

「賢者様……？」

「アシュリーは何も知らないよね。パパが今から説明しよう。部屋はまた後日用意するから、とりあえず一階の応接室で」

「え、またあの階段を使うのですか？」

またあの勝手に動く階段を使うのかと思うと冷や汗が出てくる。

「怖いのならば、動かないようにするよ。さあ、一階に行こう」

父が手を差し伸べるが、手すりの方が安心なので丁重に断る。一段一段慎重に階段を降りていき、ようやく一階に着く。

「あの、これは……」

一階の壁は焦げたり、へこんだりして、石でできた床は一部割れていた。

「ははは。訓練だよ、訓練。クリスは弱いからね。パパ、心を鬼にしてやってるんだよ。さあ、クリス。ここを魔術で元通りにするように。これを本日の課題とする。使った魔術に関して後で報告を。最も合理的な方法をとりなさい」

「え？　一人でですか？　そもそも叔父上がしたことですよね？」

「私の攻撃を相殺すればよかったんだよ。それができないからこの惨状だ」

「あの攻撃を相殺できる人なんて、賢者様くらいしかいませんよ」

「できないならば、死ぬよ？」

「叔父上と賢者様は私の敵にならなければいいんですよ」

父は口の端を上げた。

「娘のためならば、敵になるかもしれないよ」

「……」

殿下は不承不承ながら、父の指示に従い壁のへこみを魔術で直しはじめた。なにやら色々と考えて魔術を発動しているらしく時間がかかりそうだ。

殿下がロビーで修復作業をしているのを横目に、私は父の後について応接室に入った。先ほどの部屋があまりにも衝撃的だった影響もあるだろうが、応接室は落ち着いた雰囲気で目に優しかった。中央に置かれている大理石のテーブルも品よく見える。このテーブルの真ん中には綺麗な文様が彫られており、青い染料で着色されていた。

「アシュリー、君はここに座って」

父が隣の席をポンポンと手で叩《たた》く。私は言われた通り座り、正面にサイラス様が腰を下ろした。

「お茶を用意させているから、少し待っててね」

部屋を見回しても、私たち三人以外誰もいない。誰が用意するというのだろう。私の疑問に答えることなく、父は話し始めた。

「まずは、魔術師のことについて教えるね」

そう前置きをして父は説明をする。

現在、レナトゥス王国とその属国の魔術師は軍事活動に従事している者と、魔術道具を作製している者に大まかに分かれているそうだ。レナトゥス王国が平和な大国であるのは、魔術師による諜《ちょう》報《ほう》および防諜《ぼうちょう》活動によるところが大きいらしい。ゆえに魔術師は優遇されるとのこと。

「魔術道具も軍事に関するものを開発しているのですか？」

「そうだね。ただ、魔力がない者には使うことができないから、軍事活動をしている魔術師が使用するものを作るんだ。例えば君が持っているメガネも諜報員の変装道具の一つだね」

その時、突然テーブルの中央に紅茶の入ったカップとクッキーが載ったトレーが現れた。

「きゃっ……！」

私は驚いて、ビクッと身体《からだ》を震わせる。

「あ、ごめんね、驚かせちゃったね。このテーブルの中心に転移陣が組まれていて、私の屋敷の者に用意させたものをこちらに移動させたんだよ」

「メイナード、あなたは常識がないですね。先程も三階まで飛んできてアシュリーを驚かせたところでしょう」

「サイラス、あんな悪趣味な部屋を用意する君には言われたくないね」

私はとりあえず中央に用意されたお茶を父とサイラス様の前へ置く。すると、二人とも私を見てありがとうと言ってくれた。些細《ささい》なことで感謝の言葉をもらえて嬉しくなるのは、私が孤独だからかも知れない。

淹《い》れたてであろうお茶を飲みながら、父とサイラス様が魔術師についての説明を続ける。

「魔術師は国に忠誠を誓わねばなりません。国王ではなく、国に対して忠誠を誓うのです。魔術師として認定された際に腕輪が国王陛下から下賜され、契約が完了します」

「魔術師の認定はどなたがなさるのですか？　それに契約を破った場合はどうなるのですか？」

美味《おい》しい話には裏があることを、私は筆写の仕事で身を以《もっ》て知っている。

「認定は魔術師長もしくは賢者や隠者によって行われます。また魔術師と認定された後に国家反逆とみなされる行為をした場合、存在自体が消されます。それは魔術師長でも、賢者である私でも例外ではありません」

サイラス様がさらっと怖いことを言う。

「あの、サイラス様、いえ賢者様、一度なされた契約を無効にすることはできないのですか？」

「私のことは賢者ではなく名前で呼んでください。さて、質問の答えですが、契約を破棄することはできません」

魔術師になったら、一生魔術師なのか。死ぬまで生活が保障されていると考えればいい話だが、こんな重大なことを簡単に決めることはできない。

「アシュリー。色々と心配なことはあると思うけど、パパが守ってあげるから」

「メイナード。アシュリーの師は私ですよ」

「それは勝手に君が師弟の契りをしたんじゃないか！　私がしようと思ったのに」

私は師弟の契りが分からず尋ねると、この研究塔に初めて入る時に導いた者が師となるらしい。

サイラス様の腕輪に弟子の情報が刻まれるとのことだ。

「あの、もう少し考えさせていただいてもよろしいでしょうか？」

「ああ、そうだね、アシュリー。君の未来だ。どんな選択をしてもパパは君の味方だよ」

「私も無理強いはしませんよ」

その言葉をありがたく思うも、ここまでの流れが強引すぎて苦笑いをするしかなかった。

まだまだ聞きたいことはあったが、ブドーシュがお腹《なか》を空《す》かせているかもしれないと思うと、心配で落ち着かない。

「閣下、ブドーシュが待っていると思うのですが」

「うん、そうだね。よし、パパと一緒に屋敷に帰ろう！」

「私も一緒に行きますね」

父がサイラス様を横目で見る。

「サイラス、君さ、そこは空気読んで遠慮してよ。親子の貴重な触れ合いの時間だよ？」

「私はアシュリーの師ですので、まだ説明しなければならないことがあります。それに丁度この転移陣の手入れをする時期ですしね」

サイラス様はテーブルの中央の転移陣を指差す。どうやらサイラス様が作製したようだ。

とにかく私たちは応接室を出て父の屋敷に行くことになった。扉を開けると、殿下が魔術で床を修繕している姿が目に入る。

「ふむ。クリス、もう時間だ。後は私がやろう」

父はそう言うと、魔術を施し一瞬にして直した。あたかも時間が巻き戻ったかのようだ。

「凄《すご》い……！」

私は思わず呟《つぶや》く。それほど鮮やかな魔術だったのだ。

「クリス、君はすべて時の魔術で以前の状態に戻そうとしたね。壁は壊れた直後だったからそれでよかったかもしれないが、床を修繕する時には時間が経ち過ぎて無駄に魔力を使うことになる。時と再構築の魔術を組み合わせればよかったんだよ。すべてを完璧に復元しろとは言ってないのだから」

父が何を言っているのかさっぱり理解できないが、魔術には色んな種類があるようだ。

「二種類の魔術を使うのはとても難しいですし、どちらも高度な魔術ですよ。稀代《きたい》の大魔術師と呼ばれる叔父上と一緒にしないでください」

「クリス、君も魔力はそれなりにあるのだから、精進するんだ」

父は魔術の師としては厳しかった。でも、それよりも私には気になることがある。

「殿下、御髪《おぐし》を整えた方がよろしいかと」

そう、殿下の髪の毛は縮れたままだった。

「アシュリーは優しいな。私はあのまま宮殿に帰そうと思ったのに。仕方ない、パパが直してあげよう」

父がそう言った矢先に、サイラス様が殿下の髪の毛を元に戻しただけでなく、破れた服も元通りにした。御伽噺《おとぎばなし》で読んだ魔法使いのよう。

「サイラス様も凄いです！」

私は思わずサイラス様を見つめると、笑顔を返してくれた。

「いや、このくらい俺だってできるよ。修繕を優先しただけで……」

一方の殿下は不貞腐《ふてくさ》れていた。あの学園の爽やか殿下ととても同一人物には思えない。私が見る殿下はいつも随分と子供っぽいのだ。私も人のことは言えないけれど。

「さあさあ、みな帰るぞ」

父が楽しげに私たちを引き連れて研究塔を後にする。殿下は宮殿に戻り、父と私、そしてサイラス様は父の屋敷に向かう。

「アシュリー、また明日」

去り際に殿下が私に声をかけるが、また明日という言葉に引っ掛かりを覚える。当然、明日も学園に行くが、学年も身分も違う私たちは本来顔を合わせることはない。殿下は私の憩いの場にまた来るつもりなのかもしれない。それは遠慮してほしい。

「ジェラルド様！　どうか殿下がゴミ捨て場のような汚れた場所に足を踏み入れないよう、よろしくお願いいたします」

私は研究塔の前で待機していたジェラルド様に頼んだ。研究塔は魔術師しか入ることが許されておらず、王族といえども従者を伴うことはできない。

「承知しました」

ジェラルド様が真面目な顔をして返答してくれたので、多分大丈夫だろう。これでまた静かな日々が戻るはずだ。

「おい、アシュリーとジェラルド、どういうつもりだ？」

「殿下、宮殿に戻る時間でございます」

「ジェラルド、おまえは一体誰の味方だ？」

「殿下でございます。お子様な殿下をお護《まも》りするのが私の役目」

二人の掛け合いを見るのはこれで三回目だが、やはり仲が良い。殿下が爽やか王子様を偽装しなくてもいい相手がいてよかったと思う。殿下のことは好きではないが、少しは同情しているのだ。あんな猫を被《かぶ》って生きていかないといけないなんて、大変だろうと。

「クリスのことは気にしなくていい。さあ行こう、アシュリー。ブドーシュが待ってるよ」

父が手を引いてくれて馬車に乗りこみ、サイラス様もそれに続く。それぞれ座ると、父とサイラス様が口々に話しかける。

「アシュリー、君はクリスに何かされているのかい？　いくら王太子といえども、私の可愛い娘を泣かすような男は成敗しないとね」

「アシュリーが神獣使いで類稀《たぐいまれ》なる黄金の魔力を持つ魔術師となれば、おいそれと手を出すことはできないでしょう」

父の言っていることは置いておいて、サイラス様の発言は気になった。サイラス様は賢者で、殿下と同等に会話をしている。

「サイラス様、学園の停車場でも思ったのですが、魔術師の立場は一体どのようなものなのでしょうか？」

サイラス様はこの質問に丁寧に答えてくれた。

「魔術師は独立した存在で、魔術師の序列によっては王族と同等に扱われます。魔術師の位階は通常、第一位階魔術師から第五位階魔術師までですが、メイナードは大魔術師、私は賢者の称号を得ています。メイナードは序列の最高位であり、私は序列に与《くみ》しない立場の魔術師で監査役でもあります」

「称号はどなたがつけるのですか？」

「初代の大魔術師、賢者および隠者が組んだ陣がふさわしい者に反応するのです。序列も然《しか》り」

初めて聞く言葉ばかりで、なかなか理解が進まないが、父もサイラス様も非常に偉い立場であることは間違いなさそうだ。

「クリスは第一位階魔術師でもある。まあ、いずれこの国の王になる者だから、本来は魔術師の訓練は必要ではないんだが、あいつは魔術がとても好きでね。だから叔父である私が指導しているんだ。あ、クリスが魔術師であることは口外しないでね。王になる者が力を持ち過ぎると色々と大変だから」

殿下は魔術師としてすごい人だったが、そう見えなかったのは父とサイラス様が尋常ならざる魔術の使い手だからだろう。

「アシュリーには大魔術師や賢者になれる素質があります。だから是非とも魔術師になって欲しいですね」

「でも嫌だったら無理しなくていいんだよ。パパがいつでも面倒を見るからね」

魔術師の魅力的なところは、王侯貴族に従わなくても良いところだ。官吏には安定した生活が保障されるという魅力はあるが、平民の私は一生貴族から顎で使われるだろう。ましてや女性官吏はほぼいないから更に大変だ。一方で、魔術師になれば国に忠誠を誓わねばならず、それを破れば消されると。つまりは殺されるのだろう。

いや、魔術師にしろ平民にしろ、国家反逆罪を犯せば死刑だ。結局、同じではないか。

「私、魔術師を目指します」

国に縛られるとはいえ、自由度がある魔術師は魅力的である。

浅はかな私はつい先ほど考えさせて欲しいと言ったばかりなのに、舌の根の乾かぬうちに魔術師になると馬車の中で宣言したのだった。


父の屋敷の敷地内に入ると、屋敷から出てきたブドーシュが私たちの乗っている馬車に向かって走ってきた。こちらまで来ると、体をくるっと見事に捻《ひね》って馬車と並走をする。

「ブドーシュ！　ブドーシュ！」

たった一日離れただけだが、心細かったのだ。離れて分かったが、ブドーシュは友だち以上の存在になっていた。母よりも近しい家族だ。逆に母は遠のいてしまった。

屋敷前に着いて馬車の扉を開けてもらうと、私は我慢できずに飛び降りた。

「ブドーシュ！」

「なーお！」

ブドーシュの首回りは私の腕がギリギリ回せるくらいにまで大きくなっていた。銀色の毛並みは滑らかで、そしてもふもふしていて最高である。それをしばらく堪能した後、父やサイラス様とともに屋敷の中に入った。

「ブドーシュはアシュリーの前だと態度が違うんだね。私にはふてぶてしくて、酒を強請《ねだ》る時しか

こないよ」

「ええ。アシュリーが大好きなようですね」

父とサイラス様がブドーシュのことを話しているが、ブドーシュはふてぶてしくはないと思う。

私はブドーシュを触りながら父とサイラス様の後についていく。

「まあ、アシュリーを守ってくれるならばいいんだけどね」

「ブドーシュは敵味方関係なく、アシュリーに近づく男に攻撃するんですよね」

ブドーシュは単に私を守ってくれているだけだ。確かにクリストファー王太子殿下にも父にも咬《か》みついたけれども。やはり躾《しつけ》はした方がいいかもしれない。

そんなブドーシュと目が合うと、「なーお、なーお」と切ない声で鳴く。きっととてもお腹が空いたのだろう。

「閣下、サイラス様、早速ブドーシュに餌をやりたいのですが、よろしいでしょうか?」

「ああ、いいよ。じゃあ、こっちの部屋においで」

父の肩にはいつの間にかポッポが止まっていた。

案内された部屋は、大きなはめ殺しの天窓がついており、部屋のランプの明かりが非常に弱く落とされていて、月の光が差し込んでいる。

「綺麗ですね。幻想的で」

「うん。私も好きな部屋なんだ。やっぱり親子だね、私たち」

「……大半の方が、この部屋を美しいと感じると思います。ねえ、サイラス様もそうお感じになるでしょう？」

サイラス様が、薄暗い部屋を見渡して首を捻る。

「なぜこれが美しいのか分かりません。私はこのくらい光っていた方が好きですね」

サイラス様が魔術を施すと、部屋が昼間のように、いやそれ以上にキラキラ輝いた。眩《まぶ》しくて目が開けられない。

「ちょっと、やめてほしいな！　サイラス、君のキンキラ趣味を私の屋敷まで持ち込まないでくれ！　私はこのほの暗い部屋を美しいと思うまともな感性をもった人間なんだ」

「ふむ、すまない。しかし、メイナードは趣味が悪いですね」

私たちの様子を見て、サイラス様がキラキラ煌《きらめ》く明かりを灯《とも》すのをやめた。

「とにかく、ここでブドーシュに魔力をやるといいよ」

父の言葉に従って、私は窓際のソファに腰掛けてブドーシュに魔力を与えた。手から引き出される魔力は日に日に量が多くなっている。

「純粋な黄金の魔力をあんなにも大量に放出できるとは驚きました。神獣がすぐに大きくなるのも頷けますね」

「そうなんだ、サイラス。アシュリーは希少な魔力の持ち主なんだよ」

ブドーシュが私の魔力を食べている様子を見ながら、二人は話すが、私の魔力のことを話しているので気になって仕方がない。

「あの、魔力は人によって色が異なるようですが、他にどのような色があるのですか？」

父は銀色の光、殿下は青色の光だ。私がそう尋ねると、サイラス様が赤い光を指先から発した。

「いかなる魔術を使うにしても基本的に色は関係ないよ。ただし、神獣に与える場合は別だ。ブドーシュが邪力を滅することができるのは、アシュリーの黄金の魔力が聖なる魔力と呼ばれるものだからだ。神獣は与えられた魔力の種類で発揮する能力が決まる」

父はそう言うと、ポッポを呼び部屋の中を一周飛ばせた。するとすうっと室温が下がる。

「あ、涼しくなりました！」

「うん。ポッポは大気を操ることができるんだ。気温だけでなく、風を吹かせることも、局地的にだが雨を降らすこともできるし、雷を落とすこともできる。でもブドーシュのように邪力を払うことはできない」

「そもそも、魔力が見えるほど出ていること自体が珍しいんですよ。ほとんどの魔術師が無色のきわめて弱い光を発するだけですからね」

つまりブドーシュは私の魔力よって、邪力を祓《はら》えるようになったのだ。

「それでは、十六年前のリリー・オルコットの邪力は誰も祓えなかったのですか？」

「いや、一人だけいたよ。アシュリーほどの魔力もなく、黄金の魔力も混じりけのあるものだったが、邪力を祓える神獣を従えた魔術師がいた。しかしアレは邪力を祓うことなく隠者になって姿を消した。そして神獣もいなくなってしまった」

父は眉根を寄せ、腕を組む。

「その隠者がエリオットから依頼を受けた魔術師だ。エリオットに隠者になりたき者の魔術を教え、悪趣味なメガネとカチューシャを作った魔術師だよ。相手は隠者で追跡が困難だから、今回の学園の騒動はいい機会だったんだが」

「エリオットに聞けば、何か情報が得られるのではありませんか？」

「相手は隠者だ。難しいんだよ……」

隠者は私に魔力があることを知っていたから、エリオットに魔術道具を渡したり、魔術を教えたりしたらしい。相手は私のことを知っていることになる。

「私はそのくだんの魔術師、隠者のことを何も知らないのに、相手は一方的に私のことを知っているのですね」

「心配しなくていい。パパたちがついているから」

私はブドーシュに抱きつき、もふもふの毛の中に顔を埋《うず》めた。

「邪力についてはセシリアが一番事情を知っているだろうが、先日アシュリーに話した内容以外は語らないとヒューバートがこぼしていた」

「母は他に何か言っていませんでしたか？」

「いや、ヒューバートが言うには毎日機嫌良く過ごしているらしい。ただ、アシュリーがちゃんと学園に通っているかは心配しているそうだが」

そもそも学園に通うように勧めたのは母なのだ。なぜ、平民なのにこの学園を勧めたのだろうか。

「私、魔術師になれたら、学園を辞めようと思っています。母にはそのうち伝えますが……」

「確かに、あの学園は居心地が悪いでしょう。辞めても問題ありませんよね、メイナード」

「ああ。アシュリーの好きなようにしなさい、と言いたいところだが、セシリアがこの学園の入学を勧めたのならば、彼女の許可は得た方がいいかもしれない。彼女が何をするか、私も予測できないからね」

母の目的は一体なんなのだろうか。平民で豊かでもないのに、王立学園に通わせる理由とはなんなのだろうか。

父の屋敷で夕食を摂《と》った後、馬車でサイラス様に寮まで送ってもらうことになった。父にブドーシュのことを頼んだ後、父は屋敷の門までブドーシュとともに馬車と並走して私を見送ってくれたのだが、その姿が怖かったのは内緒だ。

「サイラス様、閣下はすごく足が速いですし、跳躍力も普通ではありませんよね。三階まで飛びましたもの。あれは魔術なのですか？」

「ああ、サイラスは大魔術師の中でも、もっとも偉大な魔術師の一人となるだろうと言われていますからね。彼くらいですよ、あんな風にできるのは」

サイラス様が苦笑いしながらそう言うくらいなのだから、父は本当に優れた魔術師なのだろう。

「閣下はそんなにすごい魔術師だったのに、なぜ母に抗《あらが》えなかったのでしょうか。それに母がこの時期に王都に来たこと、そして貴族に戻ったことには偶然ではなく何らかの理由があるのではないかと思えてならないのです。エイミー様の邪力と十六年前のリリー・オルコットの邪力、学園での混乱。共通点がありすぎます」

サイラス様は黙って私の話に頷く。

「サイラス様は母に会ったことがありますか?」

「いいえ。しかし、セシリア様の話はメイナードから何度も聞かされました。今回のことは、彼とアビングトン公爵が私に詳細を伝えてくれていますので、情報の共有はできていますよ」

サイラス様は母のことを父と叔父のヒューバート様から聞き及んでいるらしい。

「閣下曰《いわ》く、運命の女だそうです。母は人ならざるモノが好きなようですが。私には優しい母だったはずなのです。しかし、それは違うかもしれないのです……」

「メイナードやアビングトン公爵の話を聞く限り、君一人で太刀打ちできる相手ではないようですね」

しばらくの沈黙の後、サイラス様は話を続けた。

「私が君の師になったのもそのためです。メイナードが師になって君との繋がりを持ってしまうと、また彼は同じ轍《てつ》を踏むかもしれない。なにせ君はセシリア様の娘ですからね。少々強引でしたが、私が君の師になりました。どういう理由にせよ、私が君の師であることには変わりありません。力になりますから、遠慮せずに何でも相談してくださいね」

サイラス様は父を母から守るために私の師になってくれたらしい。母に対して父もサイラス様も警戒をしている。優しくておっとりとした母の姿は偽りだったのだろうか。先日会った母は、以前の母とはまったく違っていた。私の知らない母だった。

馬車が学園内に入り、寮の前に止まる。

「それでは、また明日」

「お気をつけてお帰りください。本日はありがとうございました」

私はサイラス様が見送る中、寮に入った。

静かに階段を上がり、自室に戻り着替えをしていると、鏡に母と瓜二つ《うりふた》の顔が映る。思わず目を逸《そ》らした。


翌日もいつもと同じようにメガネとカチューシャをつけて登校をする。ブドーシュがいないのはやはり寂しい。しかし、今朝は異臭がするイシュー先輩と、もじゃもじゃ頭のモジャ先輩とともに朝食を摂ったのだ。二人とも親切な人たちだった。

私の存在が認識されていなかったせいで、二人は私のことをこの寮が嫌いで引きこもっていると思っていたらしい。自分のことばかりで、私のことを思いやってくれる人がいることに考えが至らなかったことが恥ずかしい。

学園では友だちがいないので、ぽつんとするしかない。しかし今までとは違い、存在を認識されるのでゴミを見るような目で見られる。もしかしてあのまじない、『隠者になりたき者の魔術』は私を守ってくれていたのかもしれない。

メガネをくいっと上げ、親切にしてくれた寮の二人の先輩を思い出す。あの二人だって、恐らく私と同じような扱いを受けているはずだ。でも自分を貫き飄々《ひょうひょう》と生きている。私も飄々と生きていこう。

そんな決意をして校舎に入った途端、肩を摑まれた。

「おい、ブスメガネ！　おまえがエイミー様を追い詰めたんだって？」

今まで話もしたことのない赤毛に小太りの男子生徒が私を酷《ひど》く睨《にら》んでいる。

「おまえが嘘の証言をしたから、エイミー様は謹慎処分になったんだってな。おいおい、どうしてくれるんだよ？」

彼が私を詰《なじ》ると、ほかの男子生徒もそれに追随し始めた。

「根暗ブスメガネ、余計なことしやがって！」

「気持ち悪い乞食《こじき》の癖にエイミー様に嫉妬したんだろ？　身の程知らずが！」

私は反論する余地も与えられず、男子生徒に囲まれた。今まで無視されて寂しいと思っていたが、こんなことになるならば以前の方がどんなにマシだっただろうか。俯いて暴言の嵐が止《や》むのを待っていると、男子生徒の輪の外から声がする。

「あなたたち、何をなさってるのかしら？　邪魔で通れなくてよ」

男子生徒に絡まれている私には見えないが、この声はシャーロット様だ。

「あなたの子飼いなのでしょう、この女は。庇《かば》い立《だ》てするなんて、やはりあなたはエイミー様をいじめていたんじゃないのですか？」

「どなたのことかしら？　あなた方が邪魔で見えませんけれど。……私を侮辱したことは謝罪しても受け入れませんから、そのおつもりで」

シャーロット様がそう言うと、私を囲んでいた男子生徒の輪が崩れ、シャーロット様とそのお友だちのご令嬢が目に入る。

「まあ！　あなたでしたの？」

シャーロット様が私を見て驚くとともに、私を詰っていた男子生徒をキッと睨んだ。

「か弱い女性を寄ってたかって、こんな風に……。学園に報告させていただきますわ」

「そいつは、貧乏な平民ですよ？　僕たちの寄付金で学園に通っている乞食ですよ！」

シャーロット様はため息をついた。

「学園の特待生は、私たちの家からの寄付金で通っている訳ではありません。王国に認められて国費で学んでいるのです。こんなことも知らないなんて、嘆かわしいこと。……さっさとおどきなさい」

男子生徒たちは何も言えず、私を睨んだ後立ち去った。

「シャーロット様、助けていただきありがとうございます」

「いいえ、私のせいでしょう。ごめんなさいね」

確かにその通りなのだが、以前のように存在を消していればこんなことにはならなかったのだ。

私は首を横に振り否定した。

「きちんと学園側には報告するわ」

シャーロット様は心配そうに私に語り掛けてくるが、それにシャーロット様のお友だち方が反論する。

「こんな平民のために、そんな必要ありませんわ」

「つけ上がりましてよ」

「大体こんなみっともない容姿じゃ、ああ言われても仕方ありませんこと？」

昨日と変わらず、容赦ない物言いである。

「あなたたち、おやめなさい。彼女は私を助けてくれた恩人でしてよ。これ以上侮辱するならば、あなた方とのお付き合いも考え直させてもらうわよ」

シャーロット様は彼女たちを威圧して、これで話は終わるかと思いきや、令嬢の一人が牙を剝《む》いた。

「エイミー様に殿下を奪われた憐《あわ》れなシャーロット様とお付き合いしても、不名誉なだけですわ。ふふ、皆さんもう行きましょう」

その場にシャーロット様を残して、彼女たちは去って行く。シャーロット様が心配になって様子を窺ったが、それほど悲嘆はしていないようだ。

「見苦しいものを見せたわね。もともとあの子たちは私がヘンリー殿下の婚約者だから、ついて回っていただけよ。最後に私を馬鹿にした子は辺境伯の令嬢で身分的には私とそんなに変わらないから、あの物言いは問題にはならないわ」

シャーロット様は悲しそうにも悔しそうにもしてないが、なんだか寂しそうに見える。しかし、平民の私にできることはなく、お礼を言って教室に向かった。

授業中も教師に嫌味を言われたり、移動中に他の生徒に足を引っかけられたりと、いじめはひどくなっている。ようやく昼休みになったので、逃げるように憩いの場であるゴミ捨て場の裏に足早に向かった。今日も晴れていてよかったと思いながら、切り株に座るとカラスがやってくる。学園での唯一の友だちだ。

「カラスさん、こんにちは」

私は今朝あったことや、いじめのことをカラスに愚痴りながら、昼食を摂る。

「魔術師になるから学園を辞めたいんだけど、お母様がこの学園に進学するように勧めたから、簡単に辞めることはできないかもしれないの。何か理由がある気がするもの」

「かぁー」

私は水の入った瓶のコルクを抜くと、コルクがふわふわと飛んでいく。以前も同じようなことがあった。あの時はブドーシュがコルクを取ってくれたけれど、今はいない。

腰を上げて拾いに行こうとすると、その先には殿下が立っていた。

「昨日はちゃんと話せなかったからな」

私は腰を落とし頭を下げて無言で礼をする。

「だから、それはやめてほしいんだ！　昨日は普通に喋《しゃべ》っていただろう？」

少し間を空けて、ジェラルド様が私に話しかける。

「アシュリー様。殿下は反省しておられますので、どうかお顔を上げて畏《かしこ》まらず言葉を交わしてください。お願いします」

ジェラルド様の頼みならばと、顔を上げて殿下の顔を見て話しかけてみた。

「殿下、以前コルクを飛ばしたのも殿下の仕業でございますね？」

「口を利いたと思ったら、それか……。そうだ、俺が飛ばした。ジェラルドには小言を言われたがな。その後ブドーシュがコルクを咥《くわ》えていっただろう？　それもジェラルドには俺の魔術のせいだと思われていたみたいだぞ」

あの時コルクが宙を浮いていてもジェラルド様が不思議に思わなかったのはそういう訳かと納得する。

「いや、おまえにはちゃんと謝りたいと思っていたんだ」

「謝罪は結構でございます。処刑されるのではないかと随分と怖い思いをいたしました。殿下は面白半分でからかっただけでしょうが、私は誰にも相談できずに悩みました。……私は魔術師になります。ですから魔術師として裁いてください」

「いや、その必要はない」

ばつの悪そうな顔をしているが、私の知ったことではない。

「私があの母と父の子でなければ、窃盗犯の一味として捕まえられていたでしょう？　私は本来あるべきように、罰を受けます。ただし、魔術師として」

「だからおまえは魔術師になったのか？」

私が頷くと殿下は驚いたが、自分の身を守るために他の方法を見つけることができなかっただけだ。

「もう、よろしいでしょうか？　殿下と親しく話しているところを見られたら、面倒なことになりますので」

私がそう答えると、殿下が私の肩を強く掴んだ。

「本当に悪かった！　おまえはどうしたら許してくれるんだ？」

「かぁー！」

カラスが殿下の髪の毛を掴んで引っ張る。

「カラスさん、ダメよ！　意地悪なところがあるけれど腐っても王太子殿下よ！」

思わず飛び出た本音に冷や汗が出る。それよりも、このままだとカラスのせいで殿下の頭が大変なことになってしまう。

「カラスさん、殿下の頭にハゲができてしまうわ！　やめて！」

カラスはようやく髪の毛を引っ張るのをやめて、アシュリーの肩に戻る。

「ダメよ、カラスさん。絶対に殿下に手を、ではないわね、クチバシと爪を出しちゃダメ」

「かぁー」

私は殿下に向かって頭を下げ、カラスの暴挙を謝罪する。

「いや、いい」

殿下は乱れた髪を整えると、私の肩に乗ったカラスに話しかけた。

「おまえは何者だ？」

「かぁー！」

カラスが殿下を威嚇するので、私はカラスを腕に抱きしめた。

「殿下、申し訳ありませんが、学園で私に話しかけないでください。あらぬ誤解をこれ以上招きたくないのです。もしお話があるのでしたら、研究塔でお伺いします」

私がそう言うと殿下はようやく諦めてくれた。

「分かった。じゃあ、また近いうちに研究塔で待っている」

昨日、サイラス様から聞いたことだが、殿下は王太子ということで勉強やら公務やらで忙しく、魔術を学ぶ時間は限られているらしい。そんな貴重な時間を割いてまで話したい内容とは、やはりエイミー様の邪力についてだろうか。私も多少は気になっているのだ。

邪力を祓えるのがブドーシュだけならば、何かの役に立つかもしれない。今日、父にエイミー様たちがどうなっているか聞いてみよう。

殿下が去った後、やっとパンを口にすることができたが、ゆっくりする時間はなかった。

急いで教室に戻ると、私の机の上にはゴミが撒《ま》かれており、そして教科書にはブスメガネ死ねと書かれている。

誰が犯人かは分からない。今朝、私にエイミー様の件で詰った男子生徒たち、それともシャーロット様の元お友だちの令嬢方、それ以外に単に平民でブスメガネだから気に入らない人たち。対象が多すぎる。そんなことよりも机の上を早く片付けねばならない。私はゴミを捨てて、机の上を拭く。教科書は仕方ないのでそのまま使うしかない。

こんなことならば、隠者のまじないを続けたかった。でも父からもサイラス様からも禁じられている。二度と使ってはならないと。使い続けるといずれ誰にも認識されなくなるからと。

悔しいけれど我慢するしかない。

……いや、我慢する必要はない。学園を辞めればいいのだ。母は私を学園に通わせたいようだが、そんなの関係ない。

そう決意すると、悔しくて悲しい気持ちは少しだけ和らいだ。

その日の放課後も王宮内にある研究塔に行くために、停車場に向かった。今日から一人で通うはずだったのに、サイラス様の姿がある。私が驚いていると、微笑み返してくれた。

「なんだか元気がありませんね」

「そんなことはありません。少し疲れただけでしょう」

行きの馬車の中で、私は魔術の基本的なことを教えてもらう。

「魔術は魔力を持つ者しか使えません。使用できる魔力量は個人によって異なります。メイナードは百年に一人の魔力量を持っていると言われていますね」

「それで、父は十六年前に消されることはなかったのですね」

サイラス様がおや、という顔をして片眉を上げる。

「メイナードが本物の聖女を偽るように工作したとされていることを知っているのですか？」

「はい。殿下から話を伺いました」

「しかし、メイナードにそう仕向けたのは、今姿を消している魔術師、あなたの魔術道具を作った者で、我々が追っている隠者です」

「サイラス様はエリオットの目を代償にさせた魔術師と面識があるのですか？」

私の質問にサイラス様は幼い頃に一度会ったことがあるとだけ答えた。

「聖女は別に清らかな乙女である必要はないのです。ですから結婚も可能なのですが、乙女でなければならないと思い込ませたのがくだんの魔術師であり、隠者の称号をもつ者です」

「その隠者の名前は？」

サイラス様は首を横に振った。

「口に出せません。名を呼ぶとアレは気付いてしまう。己の名を紐付《ひもづ》けしているのですよ。アレの得意とする魔術は精神を操るもの、幻術、洗脳です」

「母と隠者が繋がっていたかもしれませんね」

「それはないだろうとメイナードは言っていましたが。当時、公爵令嬢とアレが出会う機会はなかったと」

私は母のことを思い出す。母は気ままに暮らしていたから、隠者と会うことも容易なのではないだろうか。しかし、サイラス様は公爵令嬢に自由はないと言う。

「あの母が大人しく屋敷に籠っていたとは想像し難いです。おっとりとのんびりした人ですが、散歩には毎日のように行っていましたし」

「私はお会いしたことがないのでなんとも言えません。そうですね、メイナードとアビングトン公爵に当時の母君のことを聞くと良いのではないでしょうか」

父と叔父に聞くのは気が引ける。二人の過去の罪や傷を抉《えぐ》るようなものだし、それに真実を知っているのは母だけだ。これは母に直接聞いてみなければならない。ついでに学園を辞めることも伝えよう。寮に戻ったら母宛に手紙をしたためねば。

「サイラス様はあの事件があった時、まだ子供だったのですよね？」

「ええ。そうですね、魔術師として学び始めて二年しか経っていませんでした。当時六歳です。子供だからと油断して話す愚か者が王宮にいたのですよ」

「そんな幼い頃から魔術師の仕事をなさっていたのですか？」

サイラス様は困ったような顔をして答える。

「私自身も理由は知らないのですが、魔術師になる前から王宮で暮らしていたのですよ」

「そうなのですか」

「メイナードと出会ったのも王宮内でした。年は離れていますが、一番親しい友です」

結局、馬車の中では魔術についてはは魔力量のことしか学べなかった。

「魔術に関する書はありますが、持ち出しはできません。研究塔で読んで学んでください」

「はい。……では研究塔に入れない魔術師の方々はどのように学んでいるのですか？」

「魔術については師から弟子に伝授されます。師弟関係は魔力量が同程度の者同士で結ばれますので、魔力量の少ない者は研究塔外で師に教わります。その際に書は用いません」

魔術師にとって魔術に関する書というのは特別な物らしい。だとしたら、あの王宮所蔵の古文書が王宮外に出てしまったこと自体が大きな問題なのだ。しかも窃盗。

「あの古文書のことも聞きましたよ。災難でしたね」

「いいえ。訝《いぶか》しく思いつつも筆写を請け負ったのですから……。きちんと裁きは受けます」

「私はあなたの師です。もっと頼っていいのですよ？」

サイラス様が眦《まなじり》を下げて微笑む。私は人に甘えるのが苦手なのかもしれない。

「はい。裁きの時はよろしくお願いします」

「ふふ、頑固ですね。いいでしょう、裁きの際には立ち会いましょう」

「それまでには魔術師として認定されたいのですが、そちらの手続きはどの程度かかるのでしょうか？」

「ああ、それは今日行われますよ。腕輪も用意されていますし。ですから今日は研究塔に行く前に宮殿にあがる必要があったため、学園まで迎えに行ったんです」

随分と急な話で驚きすぎて、目を見開いた。まったく心の準備ができていないと焦る私にサイラス様は苦笑いする。

「メイナードが無理言って、陛下の予定にねじ込んだらしいです。本来なら早くても数か月はかかりますからね。私もメイナードからこのことを聞いたのはついさっき、ほんの一時間前ですよ。よほどアシュリーが魔術師になるのが嬉しいのでしょうね」

そういうわけで、馬車は研究塔ではなく、宮殿の中央棟の正面に停《と》まり、私はサイラス様について宮殿内に入った。魔術師同士に性別や年齢による差別および区別はなく、あるのは位階の上下だけである。ゆえにエスコートもないらしい。

たどり着いた先は大きく立派な扉の前。その扉の両脇に立っている騎士に、サイラス様は腕輪を見せると、騎士は一礼をして扉を開いた。中に入ると、小部屋があり、その奥に重厚かつ煌びやかな扉がある。

「陛下に呼ばれるまでここで待機しますよ」

「あの、作法が分からないのですが」

「あなたならば大丈夫でしょう」

正直不安しかない。帰りたいなあと思っていると、侍従らしき人が私とサイラス様の名を呼び、扉を開けた。

そこは赤い絨毯《じゅうたん》が敷かれた謁見の間で、玉座には王太子殿下に似ている壮年の国王陛下、その下には父と数名の中年男性が立っていた。

私は淑女の礼をして頭を下げる。

「面をあげよ。直答を許す。そちが魔術師となるアシュリーか」

「はい。さようでございます」

国王陛下は玉座から立ち上がり、私の目の前まで来た。陛下の側《そば》に立つ中年男性が青い繻子《しゅす》と金細工で作られた小さな台座を陛下に恭しく差し出す。陛下はその台座の上にある腕輪を手に取った。

「右手を出しなさい」

国王陛下に言われるまま、右手を出すと、腕輪をつけられた。恐ろしいほどにピッタリだ。

「これよりアシュリーを魔術師として認む」

こうして私は思いがけないほど早く魔術師として認定されたのだった。

謁見の間から退室すると、サイラス様と研究塔に移動する。

右手には陛下から賜った腕輪をつけているが重さを感じない。瀟洒《しょうしゃ》で繊細なデザインで、これが魔術師の証《あか》しだとは信じられないくらい素敵なものだ。一人一人意匠が異なるようで、サイラス様の黄金づくりの腕輪は幅広で宝石が鏤《ちりば》められている。

「その腕輪をかざしてください」

研究塔の金属製の扉の前で、サイラス様に促され、どう見ても継ぎ目のない一枚板にしか見えない扉の前に腕輪をつけた右手を掲げる。

すると、すーっと扉が開いた。昨日は色々と初めてでよく見ることができなかったが、この扉の厚みは薄い辞書並みにある。動力はなんなのだろうか？

「この扉は腕輪を通して放出される魔力で開閉するのです。しかし魔術師全員がこの扉を開けることができるわけではないのですよ。八割の魔術師にこの扉を開閉する魔力はありません」

つまりはこの研究塔に所属している魔術師は総じて高い魔力を保持していることになる。

「さあ、中へ。まだアシュリーの部屋の準備ができていないから、私の部屋で講義しましょう」

サイラス様の美しい横顔を見ていると、何かと重なる。それが何か分からないが、赤い目はキラキラしていて、私がカラスからもらったガラス玉を思い出させた。今もポケットの中にしのばせている。生まれて初めてもらった贈り物でとても嬉しかったのだ。

「一階の私の部屋に行きましょう。階段はまだ怖いでしょう？」

「はい。申し訳ありません」

そうして通された部屋は、金色で統一された眩《まばゆ》い部屋だった。

「昨日の部屋は女の子は鮮やかな色使いでキラキラしたものが好きかなと思って用意したのです。私の部屋は実に簡素でしょう」

「ええ、はあ……」

簡素という言葉と目の前の黄金の部屋が結びつかず言葉に窮してしまう。

「では今日はこの書で魔術の基礎を学びましょう。学業の成績は優秀だと聞いていますから、期待していますよ」

サイラス様は室内の真ん中に置かれたテーブルの上に魔術の大系が記載された本を置いた。そして、ページがめくられ講義が始まる。

「魔術は、古《いにしえ》の言葉を用いるものと、用いないものがあります。前者は汎用性がなく使う者を選ぶ魔術です。これから学ぶものは言葉を用いないものです。魔力量によって使えるものや威力が変わりますが基本は同じです」

サイラス様の説明は続く。世の中はこれ以上分割できない小さな粒子で構成されていると古代から伝えられているが、それを操るのが一般的な魔術なのだそうだ。近年、科学の発達でその粒子を原子と呼ぶようになり、物質として存在する形を分子と呼称するようになった。

魔術でもっとも難しいとされているのは時を操るものらしい。分子の動きは不可逆的なものなのだが、それを制御し、ある時点での分子の位置に戻すことを時を操ると表現しているとのこと。非常に高度な魔術であり、必要とする魔力量も膨大になる。

殿下は今この魔術を習得すべく訓練をしており、修復作業でもこの魔術を使ったのだ。

「基本的に第五位階および第四位階の魔術師は魔術道具を扱って職務を果たしています。つまりは、自分で自在に魔術を扱うことができないのです。そして魔力をうまく扱えないため、魔術道具に魔力が自動的に流れるように設定されています」

次の瞬間、サイラス様がテーブルの上に突然小さな氷を出現させた。

「魔術は無から有を生み出すものではありません。制御するのです。これは大気中の水分子を集めて固体にした結果です。私がしたことは水を集めて凝固させただけです。結果、氷が出現したのです」

次に炎を手から出した。

「これも酸素と炭素がなければ出すことができません」

「つまり、魔術師ができることは今ある物質に力を与えて動かすことなのですね」

「そうですね、魔力はすなわち石炭のような活力なのです。ではとりあえず、実践してみましょう。水を集めてみてください」

いきなりそんなことを言われても方法が分からない。

「ああ、すみません。この大気中にある水分子を意識して、この金杯に集めてください。想像するのです。そして具現化するのです」

差し出された金杯はピカピカしていた。とにかく自由に動き回っている水が集まるように想像する。

次の瞬間、金杯から水が溢《あふ》れ出したと思ったら、急に体がふらつき、そこで魔術を止めた。

「アシュリー！　ああ、体の水分まで飛ばしてはなりません！」

どうやら私は大気中にある水をうまく想像できずに、自分の体の中にある水までも集めてしまったようだ。

「わ、私、ひ、干からびてしまいます……」

唇もカサカサしていて、喉もカラカラだ。サイラス様が私の腰に腕を回し支えてくれた。

サイラス様が魔術を施すと金杯の中の水が消失する。そして、干からびそうだった私の体も元に戻った。

「元に戻しますね」

「訓練すればすぐに上達しますよ。正しい想像が魔術には非常に重要かつ有効なのです」

サイラス様の胸に頬をつけて支えられているので、綺麗な赤い目と長い睫毛《まつげ》が近い。褐色の肌に金髪も美しい。

思わずぼうっと見惚《みと》れてしまうが、そのことに気付いてサイラス様から離れる。

「申し訳ございません！」

「いえ、私があなたの能力を過小評価したせいです。初めて魔術を使ったというのに、まさかこれほど水を集められるとは思いませんでした」

「しかし、この水を操るのはとても便利が良さそうですね。洗濯物が乾かない時に早速利用してみます」

「魔術を私事に用いるのは、使用する魔術の申請が通るまではこの研究塔内のみにしてくださいね。勝手に使用すると罰せられますよ」

せっかく有効利用できそうだったのに残念である。とにもかくにも、私は魔術師として認定され、そして修行を始めたのだった。


魔術師になってからも学園と研究塔と父の屋敷を往復する日々が続くが、学園でのいじめは増々ひどくなっていった。

「ブスメガネ！」

机の上にはいつもゴミが置かれているし、落書きもされている。廊下を歩けば足を引っ掛けられ転倒する。お陰でここ数日は生傷が絶えないのだが、サイラス様が毎日治癒魔術を施してくれるのでとてもありがたい。

ちなみに治癒魔術とは自然治癒力を活性化させるものだ。しかし先日の怪我《けが》は傷が残りそうだったので、時を操って元に戻してくれた。

魔術師として認定された翌日、学園を辞める旨を担任教師のミュラー先生に告げたのだが、先生は私がエイミー様に謝るまで辞めさせるものかと話を聞き入れてくれなかった。

仕方なく学園長に直接申し出たのだが、それはできないと返され、途方に暮れている。理由を聞いても教えてくれず、私が学園を辞めようとしているのを誰かが阻止しているように思えてならない。

今日の昼も逃げるように休憩の場であるゴミ捨て場の裏に急いだ。しかし、その途中で運悪く貴族令嬢たちに捕まり、水を掛けられてしまった。顔を見ると、シャーロット様の友だちだった人たちだ。

「こんな乞食が由緒ある学園に通うなんておこがましい。さっさと辞めておしまいなさい」

「ああ、臭いわ。あなた、本当に臭い」

くすくす笑う令嬢たちはとても醜かった。なぜ、私はこんなに蔑まれてまで学園に通わないといけないのだ？

もう今から出奔しよう。研究塔で寝泊まりできそうだし、寮にある荷物なんて大したものもないし。

私が怒りに打ち震えながら決意していると、後ろから肩を摑まれた。それまで気配がまったくしなかったので、驚きのあまり身動《みじろ》ぎできない。

「おまえたち、何をしている？」

私を笑っていた令嬢方の顔色が変わる。静かに怒りを湛《たた》えている声は、王太子殿下のものだ。私の肩を摑んでいるのは殿下だった。

「彼女に何をした？　なぜ彼女はこんなに濡《ぬ》れているんだ？」

その時、シャーロット様の元取り巻きの辺境伯令嬢が声を上げた。

「私たちは何もしておりません。この平民が自分で水を掛けたんですの。この陽気で、暑さを我慢できなかったのでしょうね」

「ふざけるな！」

令嬢方が怯《ひる》みびくっとするが、殿下はより威圧的になる。

「私がそんな嘘に騙《だま》されるような愚か者だとでも言いたいのか？」

殿下が私を庇ってくれて怒ってくれている。水を掛けられたことよりも衝撃的だった。

「私を愚弄した罪は贖《あがな》ってもらうぞ」

令嬢方は憤る殿下に恐怖を覚えたのか、足が震えてその場から動けない。殿下はその様子を見て私の肩を摑んだままその場を去った。

「なんで俺に何も言わなかったんだ？」

「……私の問題ですし」

「おまえはもう平民ではない、魔術師だ。胸を張れ」

「私が魔術師になったと言って、信じる者がいるとお思いですか？」

そもそもいじめられている時に、魔術師になったなんて口にしたら、嘘をつくなと更に激昂《げきこう》するだろう。

「このことは叔父上と賢者様は知っているのか？」

「いいえ。でもサイラス様は治療をしてくださいました」

「は？　おまえ怪我までさせられているのか？」

「ええ、まあ。サイラス様には自分の不注意で怪我をしたと言っていますが」

殿下は驚いた顔をした。天色の双眸《そうぼう》が暗く光る。

「おまえをいじめたやつらの名前を全員教えろ」

「多すぎて無理です。それに私、学園から今すぐに出て行こうかと思っていますから、もういいのです」

「賢者様はおまえが怪我をした理由を知っていると思うぞ。鋭いお方だ。もしかしたら、もう既に報復をしているかもしれない」

確かに私に怪我をさせた貴族の男子生徒は大怪我をして休んでいると聞いているし、足を引っ掛けた女子生徒は足を骨折したらしい。もしそれがサイラス様によるものだとしたら、あまりにも物騒である。

私をいじめる人たちには学園の規律にそって処罰してくれたら十分だ。それ以上は望まない。

「……自分で対処します。殿下、ありがとうございます」

私はお辞儀をして、午後の授業には出ずに一旦寮に戻った。なにせびしょびしょである。寮母さんは驚いた顔をしたが、今までにもこうしたいじめを受けた寮生がいるのだろう、風呂に入んなといつもより優しく声をかけてくれた。

着替えた後、再度学園に戻り馬車に乗り込んだが、王宮の研究塔ではなく母のいるアビングトン公爵家に連れて行ってくれるように頼んだ。

先触れも出さずに訪問するのはよくないが、無礼は承知の上。先日出した手紙にも母からの返事がもらえないため仕方がないのだ。なにより学園を辞められないのはどう考えても母の仕業のようにしか思えない。

母が私をあの学園に入学させ、平民のままでいさせているのだ。母以外は誰もそんなことを望んでいない。母だけが望んでいるのだ。

アビングトン公爵家の前で、私はメガネもカチューシャも外して母に会わせてもらえるように頼んだ。母に瓜二つの顔のためか、すんなりと屋敷に入れてもらえた。いや、恭しく迎えられた。

家令のバイロンさんが、私を応接室まで通してくれる。

「セシリアお嬢様をお呼びしますので、お待ちください」

母はセシリアお嬢様と呼ばれていた。母であることを放棄したのかと思うのは穿《うが》ち過ぎだろうか。

どうも疑心暗鬼になっていけない。

落ち着こうと紅茶を口にしていると、母がノックもせずに入ってきた。

「あらあら、久しぶりね。アシュリー」

可憐《かれん》で妖艶な姿の母が微笑みながら私に近づいてきた。そして私の返事を待たずに言い放つ。

「アシュリー、勝手に学園を辞めてはダメよ？　最低でも一年は通いなさいね」

その言葉を受けて、学園を辞めることができないのは母の仕業であることを確信した。

「お母様はなぜ私が学園を辞めたいと思っていることをご存じなのですか？　いじめられていることをご存じなのですね。そしてそのことを知ってなお、私を学園に留《とど》めておきたいのですか？」

母は首を傾げた。

「だってアシュリーは平民ですもの、いじめられるのは仕方ないわよ」

母はクスクス笑いながら、メイドに好みの紅茶を出すように指示する。まるでこの屋敷の女主のようだ。

「まさか、本当に学園を辞めるだなんて言わないわよね？　そんなことしたら私、アシュリーにお仕置きしないといけないわ。でも可愛い娘にそんなことしたくないの」

私は母の言うお仕置きに恐怖を覚えたが、追及をやめなかった。

「お母様。理由があるのでしょう？　私が平民として学園に通わねばならない理由を教えてください」

「うふふ、それは内緒！　でも夏季休暇になったら教えてあげてもいいわ。アシュリーは私の娘だから特別よ。だから約束してね。夏季休暇までは学園には休まずに通うって」

「私は学園でいじめられて怪我もしています。それでも通えというのですか？」

「あなた平民よ？　当たり前じゃないの。平民なのに特待生で学園に通わせてもらっているのよ。頑張らないと、ね？」

母は微笑んでいた。母と話していてもなんの解決にもならない。母の言うことなど聞く必要はないだろう。黙って学園を退学しようかと考えていると、母が私の隣に席を移して手を軽く握る。

「だめよ、勝手に辞めては。そんなことするなら、アシュリーの大切なものを奪うわ。私にはそれができるのよ？」

私は母から距離を置くようにのけぞったが、手は繋がれたままだ。

「平民に神獣は必要ないわ。ね、そうでしょう？」

母は私が勝手に学園を辞めたら、ブドーシュに何かをするつもりだ。ブドーシュを封印していたのは母に違いない。

「お母様は、何をご存じなのですか？　何を目的としているのですか？」

「それは……内緒！」

そう言ってコロコロ笑う母に、私は戦慄を覚える。今すぐにここから立ち去りたい。残酷なことを笑顔で言う母が気持ち悪い。

「もう寮に戻ります」

「あらそう。学園生活を楽しんでね。私の可愛いアシュリー」

母に抱きしめられるが、震えが止まらない。

この人は一体何を考えているのだろうか。

私が魔術師になったことはまだ母に知られていない。平民でなくなったことを知ったらどうなるのだろうか。隠し通せるはずもなく近いうちにばれるだろう。

ブドーシュが心配だった。

急いでアビングトン公爵家から暇乞《いとまご》いすると、父の屋敷に行きブドーシュの安否を確認する。

結局、その日は研究塔には行かず、ブドーシュと時間が許す限りぎりぎりまで寄り添っていた。

「お父様、助けて……」

世間知らずで力を持たない私は、どう対処すればいいか分からない。ブドーシュが「なーお」と心配するように鳴く。

その時、いきなり父が目の前に現れた。

「アシュリー！　パパのことをお父様と呼んだね？」

そう言うや否や、私を抱きしめた。

「どうしたんだい、こんなに不安そうな顔をして。パパがなんでも解決するから、安心しなさい」

「閣下」

「違うでしょ、お父様かパパと呼びなさい」

「……お父様」

父は再びぎゅっと抱きしめてくれた。涙が溢れ出る。その日は父の屋敷に泊まらせてもらい、ブドーシュと久しぶりに一緒に寝た。

ちなみに父は、私が父を呼んだらすぐに転移できるように魔術を組んでいたらしい。

翌日、父は私に何も聞かずに学園に送り出した。ただし、メガネとカチューシャを外させて。

「君の本来の姿で、そして平民アシュリーではなく、魔術師アシュリーとして通いなさい」

母は魔術師になるなとは言っていないので、父の言うことに従った。母のことを父に任せるのは危険だから、サイラス様に相談しよう。


――私は魔術師のアシュリー。


そして学園に着くと私があのアシュリーだと気付く者は誰一人としていなかった。

私の席にはゴミが山盛りになっている。私がゴミを片付けていると、裕福な子爵家の女子生徒がおずおずと話しかけてきた。

「あの……留学生の方ですか？　ここは、平民の席です。汚れますわ」

私は手を止めて彼女の方を見やる。他の生徒たちも私に注目していた。

「私はアシュリーです。平民ではなく魔術師のアシュリーです」

その瞬間、教室が騒《ざわ》めいた。しかし、私は気にすることなく机を片付けた。

「どなたがこんなことをしているのか知りませんが、魔術師にこのようなことをするとはいい度胸をしてらっしゃるわ」

そう独り言を言って席に着いた。

そしてまだ教室内が静かにならないうちに、エイミー様に惑わされたミュラー先生が、一人の女子生徒を伴って教室に入ってくる。

茶色の髪に同じ茶色の目をした愛らしい顔立ちの女子生徒だ。

その所作からして平民だと見受けられる。

「彼女は平民の特待生として入学をしたが、家庭の事情で今まで通えなかった。夏季休暇まであと少しだが、ようやく学ぶ機会を得ることができて、ここに立っている。さあ、君自身で挨拶したまえ」

ミュラー先生が彼女の肩をポンと叩くと、彼女は少しおどおどしながらも、笑顔を作って自己紹介をした。

「アシュリーと申します。どうぞよろしくお願いします」

その名を聞いて私は総毛立つ。

——彼女は平民のアシュリー。

私ではない、特待生で平民のアシュリー。母はなぜ私にアシュリーと名付け、この学園に特待生として入学することを勧めたのだろうか。

母の思惑が何なのか分からずただただ恐ろしかった。

あとがき

この度は『私のお母様は追放された元悪役令嬢でした　平民ブスメガネの下剋上《げこくじょう》』を手に取っていただき誠にありがとうございます。筆者のベキオです。

あまりに長いタイトルのため、私個人はブスメガネと略しています。ちなみにこのサブタイトルは担当のY田さんが提案してくださいました。すごいセンスの持ち主だと密かに尊敬しています。

さて、本作の書籍化にあたり非常に嬉《うれ》しかったのは、紫藤《しどう》むらさき先生にイラストを描いていただいたこと、そして、ていか小鳩《こばと》先生にコミカライズしていただいたことです。

このあとがきを読まれているということは、すでにイラストはご堪能《たんのう》していただけたことと思います。とんでもなく可愛《かわい》いアシュリーとブドーシュ、そしてイケメンたちでしたね。

また、本作のコミカライズは、ＷＥＢマンガ雑誌「ガンガンＯＮＬＩＮＥ」で近日連載開始予定です。最高に面白いマンガになっています。もしや原作より面白いのではないかと危惧しています。

最後になりますが、本の刊行までに携わっていただきました、デザイナーさま、印刷所さま、校正さま、そしてイラストレーターの紫藤むらさき先生に深謝申し上げます。誠にありがとうございました。

私のお母様は追放された元悪役令嬢でした
平民ブスメガネの下剋上

発行　2020年8月25日　初版第一刷発行

著者　ベキオ
イラスト　紫藤むらさき
発行者　永田勝治
発行所　株式会社オーバーラップ
〒141-0031　東京都品川区西五反田7-9-5
校正・DTP　株式会社鷗来堂
印刷・製本　大日本印刷株式会社

Printed in Japan
ISBN 978-4-86554-727-6 C0093

【オーバーラップ　カスタマーサポート】
電話　03-6219-0850
受付時間　10時～18時（土日祝日をのぞく）

作品のご感想、ファンレターをお待ちしています

あて先：〒141-0031　東京都品川区西五反田7-9-5 SGテラス5階　オーバーラップ編集部
「ベキオ」先生係／「紫藤むらさき」先生係

スマホ、PCからWEBアンケートにご協力ください

アンケートにご協力いただいた方には、下記スペシャルコンテンツをプレゼントします。
★本書イラストの「無料壁紙」　★毎月10名様に抽選で「図書カード（1000円分）」

公式HPもしくは左記の二次元バーコードまたはURLよりアクセスしてください。
▶ **https://over-lap.co.jp/865547276**
※スマートフォンとPCからのアクセスにのみ対応しております。
※サイトへのアクセスや登録時に発生する通信費等はご負担ください。

オーバーラップノベルスf公式HP ▶ **https://over-lap.co.jp/lnv/**